Hobby-Stuntman Tom hat seit seiner Kindheit nur eines im Kopf: Fliegen. Doch jeder Flugversuch endet mit einer Bruchlandung, gefolgt von einem Krankenhausbesuch. Dort stellt man eines Tages fest: Tom ist unheilbar krank. Nachts schleicht er sich aufs Dach des Hochhauses und trifft dort die geheimnisvolle Endorphina. Halb Mensch, halb Vogel hat sie einen gewagten Rettungsplan für Tom: Sie kann ihn – wenn ihre Liebe stark genug ist – vom Tod befreien, indem sie ihn in einen Vogel verwandelt. Wird Tom sich auf diesen bizarren Plan einlassen?

MATHIAS MALZIEU, geboren 1974 in Montpellier, Frontmann der französischen Kultband »Dionysos«, ist ein Meister im Erfinden von einzigartigen Traumwelten. Nach dem internationalen Überraschungsbestseller *Die Mechanik des Herzens* wurde auch *Metamorphose am Rande des Himmels* zu einem sensationellen Erfolg in Frankreich.

Mathias Malzieu

Metamorphose am Rande des Himmels

Roman

Aus dem Französischen
von Sonja Finck

btb

Die Originalausgabe erschien 2011 unter dem Titel
Métamorphose en bord du ciel bei Flammarion, Paris.

MIX
Papier aus verantwortungsvollen Quellen
FSC® C083411
FSC www.fsc.org

Verlagsgruppe Random House FSC® N001967
Das für dieses Buch verwendete FSC®-zertifizierte
Papier *Lux Cream* liefert Stora Enso, Finnland.

1. Auflage
Genehmigte Taschenbuchausgabe Juli 2015
btb Verlag in der Verlagsgruppe Random House GmbH, München

Umschlaggestaltung: semper smile, München
Umschlagmotiv: © Benjamin Lacombe
Druck und Einband: CPI books GmbH, Leck
MP · Herstellung: sc
Printed in Germany
ISBN 978-3-442-74933-1

www.btb-verlag.de
www.facebook.com/btbverlag
Besuchen Sie auch unseren LiteraturBlog www.transatlantik.de!

Für dich, Endorphina, die du mir hilfst,
mich in mich selbst zu verwandeln.

Vögel werden im Himmel beerdigt. Noch die eleganteste Wolke ist voll von ihren starren kleinen Leichen.

Es heißt, einer von 10 180 Regentropfen sei die Träne eines toten Vogels und eine von 16 474 Schneeflocken das Gespenst eines Vogels, der sich vom himmlischen Mutterkuchen gelöst hat.

Ich heiße Tom »Häma-Tom« Cloudman. Man sagt, ich sei der schlechteste Stuntman aller Zeiten. Ganz falsch ist das nicht. Ich bin außergewöhnlich ungeschickt und laufe ständig überall gegen. Ich beneide die Vögel um ihre Freiheit, vielleicht schaue ich zu oft zu ihnen hoch. Schon damals auf dem Schulhof zog ich Rollschuhe an, um fliegen zu üben und den unerreichbaren Miniaturfrauen einen Kuss zu entlocken. Aber ich flog nicht hoch, sondern immer nur auf die Nase. Allerdings überkam mich beim kleinsten Anzeichen, dass sich ein Publikum für meine Darbietung interessierte, ein ebenso albernes wie grandioses Gefühl der Unbesiegbarkeit. Ich wurde regelrecht süchtig danach: Ich raste auf einem alten Skateboard das Schuldach hinunter und wedelte dabei mit Pappflügeln. Ich versuchte, mit dem Fahrrad abzuheben, und garnierte eine Windschutzscheibe mit meinen ausgeschlagenen Zähnen. So ging es immer weiter. Je öfter ich fiel, desto beliebter wurde ich. Die anderen Kinder dachten sich immer neue Herausforderungen aus, um mich fallen zu sehen. Sie lachten über mich. Irgendwann dämmerte mir, dass ich die Mischung aus Lampenfieber und Adrenalin, die das Showbusiness ausmacht, liebte. Wenn ich nach einem Sturz die

Augen aufschlug, war ich manchmal von bunten Lackschuhen umringt und Mäusestimmen hauchten: »Zugabe«. Das fand ich unwiderstehlich. Aber das Fallen war nie Selbstzweck. Meine Leidenschaft gilt seit jeher jenem kurzen, unfassbaren Moment davor: dem Moment, in dem ich abhebe.

Der Drang, dem Alltag zu entfliehen, wurde mit den Jahren immer stärker. Mein Verstand reagierte wie ein gefühlsempfindlicher Film, der in derselben Sekunde Liebe und Tod einfängt. Ich entwickelte eine regelrechte Normalitätsphobie. Längere Mahlzeiten, bei denen ich stillsitzen sollte, machten mich nervös. Ständig vergaß ich Telefone, verlor Portemonnaies und zerbrach Bankkarten. Verständlicherweise verzieh man mir dieses kindische Verhalten irgendwann nicht mehr. Ich wurde ein Adrenalinjunkie: Ich kletterte auf einen Baum und sprang nur mit einem Regenschirm bewaffnet in die Tiefe. Ich paddelte in einem löchrigen Schlauchboot einen eiskalten Bergbach hinunter. Ich erklomm den Schornstein des Hauses, in dem ein Mädchen wohnte, für das ich schwärmte. Ließ versehentlich das Silberarmband, das ich mir vom Mund abgespart hatte, in den Kamin fallen. Versuchte es zu fangen, beugte mich zu weit vor und landete rußverschmiert im Wohnzimmer, wo die Familie im trauten Kreis Weihnachten feierte. Ich strebte nach immer neuen Extremen. Höher, schneller, weiter, länger. Ich war ein Kreisel aus Fleisch und Blut, nur in Bewegung geriet ich nicht aus dem Gleichgewicht. Familie und Freunde begannen sich Sorgen um mich zu machen.

Ich gab mir große Mühe, mich anzupassen, flog aber überall im hohen Bogen raus. Selbst aus der Zirkusschule: zu ungeschickt. Zwar begeisterte es die Jury, wie ich beim Trampolinspringen jedesmal auf kunstvolle Weise neben dem Sprungtuch landete, aber man erklärte mir, ein Clown müsse tausendmal hinfallen können, ohne sich zu verletzen – und das gehörte leider nicht zu meinem Repertoire.

Ich musste einen Weg finden, ein nützliches Mitglied der Gesellschaft zu werden und meinen Lebensunterhalt zu verdienen. Warum nicht mit Straßentheater und Bruchlandungen? Geschichten erzählen, Akkordeon spielen, springen, singen, mit etwas Glück fliegen, mit Sicherheit fallen, Kunststücke vorführen. Losziehen. Jetzt gleich.

Kaum war mir der Gedanke gekommen, packte ich auch schon meine Sachen. Ein altes Zelt, einen Schlafsack und unendliche Möglichkeiten in einen zu kleinen Rucksack gestopft, und los ging es. Nie zuvor hatte ich mich so leicht gefühlt.

Ein eiskalter Wind polierte die Weihnachtslichter, die Sterne strahlten heller als sonst. Aus einem Haus wehte mir der Duft frischer Pfannkuchen entgegen. Ich sah mich schon fantastische Länder erkunden, alle Sprachen der Welt lernen und neue erfinden. Aber mein Abenteuer endete, als ich um die nächste Ecke bog und gegen ein besserwisserisches Verkehrsschild knallte. Einbahnstraße. Reise um die Welt in vierundzwanzig Sekunden. Ich vibrierte wie eine Stimmgabel. Ich brauchte dringend ein Bad und mehrere Kopfschmerztabletten. Gehen Sie zurück auf Los.

Dieser missglückte Aufbruch ließ mich meinen halbgaren Fluchtplan überdenken. Ich brauchte einen fahrbaren Untersatz, einen Schutzpanzer gegen die Widrigkeiten des Lebens. Ein Auto war zu gefährlich. Die Seifenkiste, in der ich immer den Hang meiner Neubausiedlung hinunterraste, zu klapprig. So kam ich auf die Idee mit dem rollenden Sarg.

Die nächsten Monate verbrachte ich mit der Konstruktion meines Gefährts. Hinten der Sarg aus lackiertem Sperrholz, vorne ein weicher Sattel und ein breiter Lenker. Felgen und Reifen von einem BMX-Rad, Ritzel, Kette und Pedale von einem Rennrad. Innen im Sarg gemütliche Kissen und ein kleines Regal, um ein Buch und eine Packung Kekse unterzubringen und um mir den Kopf zu stoßen. Im Deckel Luftlöcher wie in einer Transportbox für Kleintiere. Nach ein paar entmutigenden Probefahrten war mein Vehikel im Frühjahr fertig, auf Hochglanz poliert und mit *Pixies*-Aufklebern und handgemalten Wolken verziert.

Dann kam der große Tag. Ich trat in die Pedale. Als ich das Ortsausgangsschild passierte, lief mir ein Schauer die Wirbelsäule entlang. Zum Schlafen konnte ich überall haltmachen, selbst auf dem Friedhof.

Mein Sarg auf Rädern entpuppte sich als Attraktion. Selbst Alte, die auf ihren Bänken festgewachsen waren, warfen mir neugierige Blicke zu. Meist parkte ich unter einer Platane, legte mich in den Sarg und spielte eine Weile auf dem Akkordeon. Wenn die Luft vor Anspannung vibrierte und ich spürte, dass sich genügend Zuschauer angesammelt hatten, sprang ich Konfetti spuckend hervor. Ich gab den sterbenden Weihnachtsmann und steppte zu Johnny-Cash-Songs*. Dann kletterte ich auf die erstbeste Erhebung: einen

* Johnny Cash ist ein amerikanischer Folksänger. Wenn man seine Stimme hört, will man sofort in den nächsten Zug steigen und verreisen.

Baum, eine Motorhaube, ein Haltestellenhäuschen. Ich entfaltete meine Pappflügel und tat so, als könnte ich fliegen. Ich fiel auf die Nase, tat mir mal mehr, mal weniger weh und legte mich am Ende der Show wieder in meinen Rollsarg. Bei meinen Auftritten trug ich stets eine Zorromaske, die ich aus einer Zeitschrift hatte. Sie half mir, meine Schüchternheit zu überwinden, und verlieh mir eine geheimnisvolle Aura. Selbst beim Küssen behielt ich sie auf.

Ich zog von Dorf zu Dorf, und irgendwann eilte mir mein Ruf voraus. Die Menschenmenge schwoll an, man brachte mir Essen, Verbandszeug, sogar Bücher. Eins hatte ich mir vorgenommen: Ich würde nie länger als vierundzwanzig Stunden an einem Ort bleiben. Ich gab meine Aufführung, übernachtete in der Nähe und fuhr gleich am nächsten Morgen weiter. Manchmal zwangen mich die Erschöpfung oder eine Verletzung, ein paar Stunden länger im Sarg liegen zu bleiben, aber meine Rastlosigkeit trieb mich weiter. Die Freiheit, die durch meine Adern pulsierte, berauschte mich und machte mich glücklich. Mit jedem Tag schien mein Geist jünger zu werden. Mein Körper hingegen alterte. Rasend schnell. Um mein Publikum zu fesseln, wagte ich immer riskantere Stunts. Auch wenn ein Teil von mir ahnte, wie absurd das war, machte ich mein Seelenheil von dem Applaus Fremder abhängig. Manchmal wiesen mich Zuschauer, die es gut mit mir meinten, vorsichtig darauf hin, dass ich diesen Lebenswandel nicht lange durchhalten würde. Die Liste meiner Knochenbrüche wurde von Tag zu Nacht länger, und mein Rücken ächzte und knarrte wie eine alte Diele.

Aber ich bekam einfach nicht genug von den Ab- und Umwegen, den magnetischen Feldern und Wiesen, den einsamen Landschaften, die mir netterweise immer einen Baum zum Dagegenfahren hinstellten. Mein Gehirn speicherte leuchtende Sonnenuntergänge und Füchse, die über die Straße huschten. Mein Leben war eine Überraschungsmaschine. Mal klebten Schnecken an meinen Schuhen, mal verkroch sich ein Igel in meinem Bett. Einmal wollte ein *Gothic*-Mädchen in meinem Sarg übernachten. Leider sei er nicht groß genug für zwei, sagte ich, woraufhin sie erwiderte, sie wolle ja auch alleine darin schlafen.

Eines Morgens fand ich zu meinen Füßen ein Nest mit roten Kanarienküken. Jemand musste es dort abgelegt haben, während ich schlief. Einige waren in der Nacht gestorben, die sieben Überlebenden nahm ich unter meine Fittiche. Ich war wohl das Erste, was sie im Leben sahen, ich wurde sozusagen ihr Vater. Ich taufte sie alle auf den Namen Michel Platini.* Es kann nie schaden, mehrere Platinis zu haben, am besten eine ganze Mannschaft. Bald traten die Vögel mit mir zusammen auf. Ich hatte immer ein paar von ihnen im Ärmel. Sie verliehen meinen Bewegungen Schwung und ließen sich nach spektakulären Stürzen auf meinen Schultern nieder. Ich beobachtete, wie sie am Himmel ihre Bahnen zogen. Von Tag zu Tag wurde meine Sehnsucht nach den Wolken größer.

Auf meiner Odyssee in dem Sarg entdeckte ich meine Liebe zu Büchern. Einem Pärchen, das mir ein Buch geschenkt hatte, erklärte ich, wie viel mir dieser Austausch von Wörtern

* Michel Platini ist einer der größten Fußballspieler aller Zeiten. Seine Tore und mehr noch seine Pässe machten ihn zu einem Superhelden.

und Gefühlen bedeutete. Im Laufe der Zeit wurden es immer mehr Bücher. Da im Sarg bald nicht mehr genug Platz war, ich es aber nicht übers Herz brachte, auch nur eines wegzuwerfen, beschloss ich, sie stattdessen unter die Leute zu bringen. Sobald ich ein Buch ausgelesen hatte, schrieb ich hinten rein, ob und warum es mir gefallen hatte. Auf eine leere Seite vorne schrieb ich: »Wenn Sie dieses Buch finden, nehmen Sie es mit und lesen Sie es. Am Schluss schreiben Sie Ihre Gedanken dazu auf. Notieren Sie auch das Datum und den Fundort. Legen Sie es anschließend wieder irgendwo ab, wo jemand anderes es finden kann.« Manche Bücher fuhren mit dem Zug, andere kamen in den Regen. Manche waren eine Weile verschollen, andere lebten mit einer Handtasche zusammen. Eins kehrte sogar mit sieben Einträgen zu mir zurück.

So zog ich mit meinem rollenden Sarg rastlos von Dorf zu Dorf und bekam gar nicht mit, wie ich alterte. Eines Tages ging mein Körper auf die Barrikaden. Die Gewerkschaft der gezerrten Muskeln meldete sich zu Wort. Erst war es nur ein leiser Protest, aber bald stimmten die Knochen mit lautem Knacken ein. Meine Nerven lagen blank, ich konnte nicht mehr schlafen. Zu spät wurde mir klar, dass ich lernen musste, meine Stürze abzufedern und weich zu fallen. Ich wusste, dass es so nicht weiterging, aber ich konnte nicht aus meiner Haut. Bei jedem Auftritt wollte ich sterben und wiedergeboren werden, das war eine Frage der Ehre! Alle Alarmglocken schrillten, aber ich schmetterte weiter meine Lieder, um sie zu übertönen und der Ewigkeit noch ein paar Sekunden abzutrotzen.

Im Winter verkomplizierte sich die Sache weiter. Bei Kälte

waren meine Stürze noch schmerzhafter als sonst. Die Zuschauerreihen lichteten sich. Immer öfter legte ich auch außerhalb der Vorführungen Bruchlandungen hin. Eines Tages nahm ich eine Kurve zu eng und raste in das Schaufenster einer Bäckerei. Eine Horde Kinder machte sich über die Windbeutel her, und das ganze Dorf glaubte, ich hätte den Unfall mit Absicht verursacht. Nachdem ich versehentlich mehrere Briefkästen, Tore und Seitenspiegel um- und abgerissen hatte, wurde der Sarg kurzerhand zum Fluchtwagen.

Aber irgendwann erwischte man mich, oder besser gesagt, erwischte es mich. Am Tag nach einem besonders schweren Sturz ächzte ich bei Eiseskälte und in strömendem Regen einen steilen Hang hoch. Der Asphalt war spiegelglatt. Mir versagten die Beine, der Sarg begann rückwärtszurollen. Ich raste die Straße hinunter, schneller und schneller, und konnte weder steuern noch bremsen. Motorengeheul. Hupen. Zusammenprall von Blech und marineblauem Sperrholz. Hupen. Benzingestank. Hupen. Aufflatternde Michel Platinis. Hupen.

Ich öffne die Augen. Die Welt hat sich verändert. Statt nach Herbst riecht es nach Betäubungsmitteln und Kantinensuppe. Der Asphalt hat sich in Linoleum verwandelt, mein prächtiger Sarg in ein einfaches Bett. Die Michel Platinis sind verschwunden und mit ihnen sämtliche Farben. Alles ist grau, die Fenster sind groß und abweisend. Die Schritte auf dem Linoleum hören sich an, als reiße man Pflaster ab. Die Patienten langweilen sich, einige weinen. Angehörige bringen Blumen und lächeln starr. Ihr Trick besteht darin, die Tränen in sich hineinfließen zu lassen. Weiße Kittel geistern durch die Flure.

Willkommen auf der Krebsstation. Die Ärztin, die mir diesen Hammer übergezogen hat, erinnert mich an meine Mathelehrerin, in die ich als Schüler verliebt war. Der gleiche mitleidige Blick. Ich merkte, dass sie mich mochte, aber sie konnte mir einfach nicht helfen.

Heute ist die Rechnung kinderleicht. Selbst jemand wie ich, der eins und eins nicht zusammenzählen kann, kapiert es auf Anhieb. Ich bin nicht wegen einer gebrochenen Rippe hier, sondern weil an meiner Wirbelsäule ein Tumor wuchert.

Ohne dass ich es bemerkt hätte, ist in mir eine riesige Rote Bete herangewachsen. Die mir verbleibende Lebenszeit rinnt mir durch die Finger. Sie passt in einen Fingerhut. Einen verdammten Fingerhut.

Ein verirrtes Flugzeug rast mir stumm in den Kopf, dann ein zweites, und mein Gehirn explodiert lautlos.

Die Krankenschwester, die mich zum Röntgen begleitet, wagt nicht, die Flugzeuge herauszuziehen, da ich sonst zu viel Blut verlieren würde. Auf dem Flur starrt man mir nach, ich bin ein wandelnder Twin Tower. Auf einem Rollwagen steht eine Flasche mit neunzigprozentigem Alkohol, und ich würde sie am liebsten in einem Zug leeren. Schwindel brennt mir in den Augen.

Wie gern würde ich mich Hals über Kopf in den Himmel stürzen, wie damals als Kind! Sobald die Langeweile den Kopf zur Tür hereinsteckte wie eine runzlige Alte, die tagein tagaus Sudokus löst, wurden meine Arme zu Windmühlenflügeln.

Jetzt würde ich alles dafür geben, die Flucht ergreifen zu können, ganz gleich, wie viele Knochen ich mir dabei breche. E. T., ich kann gut verstehen, warum du auf deinem Fahrrad über den Himmel geradelt bist. An deiner Stelle wäre ich bis zum Pluto weitergefahren, ohne mich umzudrehen.

Sechs Uhr morgens. Der Lichtschalterdirigent lässt die Neonröhren explodieren, das Krankenhaus flammt auf wie eine elektrische Sonne. Es folgt die Parade der Weißen Kittel und Plastiksandalen, wie Ginger Rogers steppen sie durch die Zimmer. Sie wecken uns früh am Morgen, um uns daran zu erinnern, warum wir im Bett bleiben müssen. Die Bewegungslosigkeit versetzt mich in Panik. Ich muss fliehen, solange ich noch kann. Rennen, fallen, wieder aufstehen. Wenn ich es langsamer angehen lasse, ersticke ich. Ich brauche eine Dosis Himmel, ich kann nicht richtig atmen, wenn ich nicht etwas frischen Wind in die Lungen bekomme. Aber hier lassen sich nicht mal die Fenster öffnen, das ist nicht vorgesehen. Selbst das Tageslicht ist es leid, durch die Scheiben zu dringen. Aus dem Fernseher im Flur dröhnt Lachen aus der Konserve. Mir ist zum Heulen zumute. Wir könnten einen Wettbewerb im Fernseherweitwurf veranstalten. Dann hätten wir wenigstens etwas zu tun. Ich kann nicht den ganzen Tag im Schlafanzug eines Todeskandidaten herumliegen. Das Heftpflaster, mit dem die Schläuche an meinem Arm fixiert sind, ziept bei jeder Bewegung, damit ich mich auch ja nicht rühre. Ich habe Angst, ein weiches Gefühl, das mir das

Hirn verklebt. Dabei kannte ich bei meinen Stunts keine Angst. Am liebsten würde ich die Augen schließen und Winterschlaf halten, bis ich wieder gesund bin. Dieser Gedanke wärmt mich ein paar Sekunden lang. Dann kehrt die Wirklichkeit mit voller Wucht zurück.

Ich sitze hier fest. Auch wenn ich krampfhaft versuche, mich vom Gegenteil zu überzeugen, ahne ich, dass ich nicht mehr aus dem Krankenhaus herauskomme. Wenn die Michel Platinis zu meiner Befreiung kämen, hätte ich gar nicht die Kraft, ihnen zu folgen. Die Rote Bete, die in mir wuchert, ist zu schwer. Wenn ich weiter durch die Lande ziehe und mich nicht behandeln lasse, wird sie mich in kürzester Zeit töten. Aber wenn ich hierbleibe, drehe ich durch. Mein Kopf leert sich. Mein Gehirn packt Kartons, als wollte es umziehen. Nachmittags gehe ich manchmal im Park spazieren, umarme die Bäume und versuche, ein paar Seiten zu lesen. Ich will mich ablenken, aber die Rote Bete hat ein Absperrband um meine Träume gezogen wie ein Polizist um einen Tatort: Betreten verboten.

»Wie geht es Ihnen heute, Mister Cloudman?«, fragt meine Ärztin. Die Kugelschreiber in ihrer Brusttasche stehen stramm.

»Nicht so besonders.«

»Sie dürfen den Mut nicht verlieren. Wenn man voller Zuversicht ist, bekämpft der Körper die Krankheit viel besser. Ach ja, wissen Sie eigentlich, dass einer Ihrer größten Fans auf unserer Station liegt?«

»Ein Fan?«

»Ja. Er heißt Victor und ist acht Jahre alt. Sie sind vor einer

Weile in seinem Dorf aufgetreten. Er hat Sie gestern im Park gesehen und wiedererkannt.«

»Warum ist er hier?«

»Leukämie.«

Übergangslos legt sie mir ihren Schlachtplan zur Bekämpfung der Roten Bete dar. Ich höre nur mit halbem Ohr hin und blicke ihr nach, als sie davoneilt, um ihre Visite fortzusetzen.

Wenn ich mit acht Jahren erfahren hätte, dass ich den Rest meines kurzen Lebens im Krankenhaus verbringen muss, wäre ich auf der Stelle tot umgefallen. Ich habe mir in meinem Leben wenigstens schon viele Sonnenbrände geholt und meine Träume konnten an der frischen Luft heranwachsen. Victors gedeihen im Neonlicht.

Mittlerweile weiß ich, wie schnell die Rote Bete Träume in einen entlegenen Winkel des Gehirns verbannt. Wenn ich nichts unternehme, frisst sie mich auf! Meine Entscheidung steht fest, ich trete wieder zum Dienst an. Ich werde derjenige sein, der ich immer gewesen bin. Ich werde dribbeln wie Michel Platini und der Roten Bete einen kräftigen Tritt verpassen. Werde keinen Schwanengesang anstimmen, sondern dem Tod eins pfeifen. Werde tanzen und fliegen, und sei es auch noch so kurz. Alle mal herhören: Tom »Häma-Tom« Cloudman ist zurück!

Ich hocke auf dem Bett und starre den Mond an, der sich halb hinter dem Häuserwald versteckt. Ich höre die Autobahn in der Ferne, sie klingt wie das dumpfe Trompeten einer Horde Elefanten. Das Geräusch spornt mich an.

Als ich den Tropf abstöpsle, beschert mir das »Klick« ein wunderbares Gefühl der Freiheit. Nachdem ich meine Plastikketten gesprengt habe, weide ich mein Kopfkissen aus. Der reißende Stoff ist Musik in meinen Ohren. Die Federn gleiten mir durch Finger. Dann demontiere ich den Tropfständer, an dem der Infusionsbeutel hängt. Die dünnen Stangen biege ich zu einem Flügelgestell zurecht. Dann klebe ich die Federn daran und befestige das Gestänge mit Pflastern an meinen Armen, wobei ich behaarte Stellen zu vermeiden versuche. Schließlich bringe ich das Gestell an meiner Wirbelsäule an und fixiere es doppelt und dreifach mit Klebeband, damit Flügel und Körper eins werden. Das kalte Metall prickelt auf meiner Haut. Das Ritual hat etwas Magisches. Ich streiche zärtlich über mein Gefieder und beobachte, wie es das Licht einfängt. Aber ich brauche mehr Federn, viel mehr Federn.

Also begebe ich mich auf die Suche nach weiteren Kopfkissen. Vorsichtig öffne ich die Zimmertür. Ohne Tropf falle ich nicht auf. Ich schlendere inkognito durch die Station, schlage in Zeitlupe mit den Flügeln und erfreue mich an meiner Windmaschine. Irgendwann nehme ich Anlauf und werfe mich bäuchlings auf einen Servierwagen. Er dreht sich wie ein Karussell, Plastikbecher knacken, und mir wird kurz übel. Die Rote Bete lässt mich spüren, wie sehr sie mich schon in der Gewalt hat.

Nachdem ich mit dem Wagen über den halben Gang geschlittert bin, komme ich vor einem Patientenzimmer zum Stehen wie ein Rouletterad im Kasino. Die Tür steht offen, und mein Blick fällt auf zwei Riesen, die mit beneidenswertem Rhythmusgefühl ein Schnarchduett aufführen. Die Tropfen der Infusion geben den Takt vor, das Piepen der Morphiummaschine ist die Melodie. Ab und zu hustet einer der beiden Alten, dann rasselt sein Brustkorb wie eine Schachtel Nägel. Dennoch wirken sie glücklich. So glücklich, dass ich keine Skrupel habe, ihnen die Kopfkissen zu klauen. Im schwach flimmernden Notlicht schleiche ich mich an. Als Stuntman war diese Mischung aus Angst und Aufregung mein Treibstoff. Ich reiße die Kopfkissen auf, hebe den Federnschatz und stopfe mir die weiche Beute unter den Schlafanzug. Die schnarchenden Riesen wackeln friedlich mit dem Kopf.

Als ich auf den Servierwagen springe, um meinen Raubzug fortzusetzen, durchzuckt mich plötzlich ein heftiger Schmerz. Er fährt mir von links in die Hüfte, wühlt sich durch meinen Unterleib und dreht mir den Magen um. Ich warte, bis der Wagen zum Stehen kommt, lasse mich vorsichtig herabgleiten und schleppe mich, die Arme auf den Bauch gepresst, zu meinem Zimmer. Aber ich schaffe es nicht durch die Tür, ich bleibe mit den Flügeln am Rahmen hängen. Mit lautem »Ratsch« reißen sie ab und bescheren mir eine Gratisepilation. Verschämt wie jemand, der auf seine eigene Sandburg getreten ist, hebe ich sie auf.

Der Morgen kriecht näher. Während ich meinen Schatz unter der Matratze verstecke, ist mir, als wäre noch jemand im Zimmer. Vielleicht besucht mich der heimwehgeplagte Geist eines kürzlich Verstorbenen. Sollte ich einer von ihnen werden, habe ich vor, auf Wolken Purzelbäume zu schlagen oder auf einer Lawine zu surfen. Jedenfalls werde ich sicher nicht in diesem Vorzimmer zum Tod herumlungern. Ich traue mich nicht, eine Krankenschwester zu rufen, damit sie meine Infusion wieder einsteckt.

Wie jeden Morgen bette ich den Kopf auf einen leeren Kissenbezug. Ich verschränke die Hände im Nacken, damit nicht auffällt, wie flach das Kissen ist, und sehe meiner Strafe gelassen entgegen. Das Flapp-Flapp-Flapp der Plastiksandalen wird lauter. Zwei Zimmer noch, dann bin ich dran.

Heute gibt es zum Frühstück eine Spritze, Carpaccio von trockenem Brot und als Beilage bittere Pillen.

»Sie haben schon wieder Unsinn mit Ihrem Kopfkissen gemacht. Wir haben überall im Flur Federn gefunden. Und wissen Sie, wo die Spur hinführt?«, fragt Pauline, meine resolute Krankenschwester, und feuert mit ihrer Spritze ein paar Tropfen ab.

»Keine Ahnung. Wohin denn?«, frage ich mit Unschuldsmiene.

»Zu Ihrem Zimmer! So kann das nicht weitergehen. Ich werde mit Frau Doktor Cuervo sprechen müssen. In Ihrem Alter spielt man nicht mehr Hänsel und Gretel.«

Im Grundschullehrerton spult die Krankenschwester ihre Moralpredigt ab und wischt den Blutstropfen weg, der in meiner Armbeuge perlt. Vielleicht fürchtet sie, dass die attraktive

Ärztin sie ausschimpft. Mein Leben lang war ich auf der Flucht vor der Engstirnigkeit, und jetzt bin ich ihr hilflos ausgeliefert: Die Weißkittelklone schalten und walten in meinem Zimmer, wie es ihnen gefällt. Ist das die Strafe dafür, dass ich meine Gesundheit leichtsinnig aufs Spiel gesetzt habe? Dafür, dass ich vergeblich versucht habe, mir Flügel wachsen zu lassen und wenigstens einmal weiter zu fliegen als ein Papierflugzeug?

Eine halbe Stunde später beginnt die Spritze zu wirken, meine Nerven entkrampfen sich, und die Augen lassen die Rollläden herunter. Die Verwandlung Mensch-zu-Krankenhausroboter geht ziemlich schnell. Als Erstes verändert sich dein Gang, er wird langsam und schleppend, woran der Schlafanzug und der Tropf schuld sind. Dann verschlingt dich das Bett wie eine fleischfressende Pflanze. Bald vergisst du die Sonne und den Wind, und in deinem Kopf beginnt es zu regnen. Du verlernst zu lachen und zu laufen. Und wenn du zu träumen versuchst, kommen dir der Schmerz und seine Medikamenteneskorte in die Quere.

Aber am schlimmsten ist es, mitten am Tag auf einem Friedhof für Lebende aufzuwachen. Niemand liest ein Buch, alle sitzen gähnend vor dem Fernseher. Die Minuten ziehen sich unerträglich in die Länge, bis jede eine ganze Stunde dauert. Die Zeit ist schlaff wie Dalís Uhren. Mein Zimmer wird von einem riesigen Schraubstock zusammengepresst, die Wände rücken jeden Tag ein Stück näher. Injektionsnadeln stoßen durch die Decke und spritzen mir Betäubungsmittel in die Augen. Ich ertrinke in meinem Laken. Werde zu einer Sirene im Schlafanzug. Einer Sirene, die nicht mal schwimmen kann.

Pauline, der Drache vom Dienst, serviert mir das Essen und die Lokalzeitung. In der Rubrik »Vermischtes« entdecke ich folgende Notiz:

FÄLLT DER VORHANG FÜR TOM CLOUDMAN?

Tom »Häma-Tom« Cloudman hat seinen womöglich letzten Stunt hingelegt. Der Spezialist für Missgeschicke wird von der Polizei gesucht, nachdem er mit seinem rollenden Sarg mehrere Gartenzäune beschädigt und ein Schaufenster zertrümmert hat. Seither ist er untergetaucht, die Überreste seines Gefährts wurden in einem Graben gefunden. Während manche Quellen berichten, Cloudman liege nach einem schweren Unfall im Krankenhaus, spekulieren andere, er habe den Unfall nur vorgetäuscht, um sich ins Ausland abzusetzen. Cloudman trug bei seinen Vorführungen stets eine Maske und hat seine wahre Identität nie enthüllt. Niemand weiß mit Sicherheit, wo sich der schlechteste Stuntman aller Zeiten derzeit aufhält.

»Sind Sie nicht dieser Tom Cloudman?«, fragt meine Krankenschwester.

»Ja.«

»Dann haben wir ja einen Star auf der Station! Ab jetzt verlange ich von den Besuchern Eintritt«, sagt sie mit der übertriebenen Freundlichkeit einer alten Nachbarin, die stundenlang übers Wetter reden will.

Ich kann gut darauf verzichten, dass die Leute mich im Schlafanzug sehen. Ich muss unbedingt meine Flügel weiter befiedern.

Außerdem muss ich meine Diebstahltechnik verfeinern, ich verliere unterwegs zu viele Federn. Von nun an nehme ich leere Kopfkissenbezüge mit auf die Jagd und stopfe sie voll. Ich lerne, auf Samtpfoten über den Flur zu schleichen. Ich weiß jetzt genau, welche Türen quietschen und welche Patienten einen leichten Schlaf haben. Das hindert mich allerdings nicht daran, hin und wieder gegen einen Fernseher zu laufen oder einen Tropf umzustoßen. Nach der Rückkehr in mein Zimmer klebe ich jede einzelne Feder sorgfältig mit einem Pflaster am Metallgestell fest. Bald werden meine Flügel wie echte Flügel aussehen. Dann kann ich endlich diesem Victor einen Besuch abstatten.

Als ich eines Morgens in mein Gefängnis zurückkehre, liegen zwei nagelneue Kopfkissen auf meinem Bett. Sie sind groß und weich und prall gefüllt, durch den Bezug schimmern rote Federn. Ich bette meinen Kopf so behutsam darauf, als wäre er ein rohes Ei. Dann schmiege ich mich fest in meine eigenen Arme und grüble darüber nach, wer mein Wohltäter sein könnte. Ein Fan, der mich dank der Zeitungsmeldung aufgespürt hat? Irgendwann entspannt sich mein Körper und entlässt meinen Verstand ins Land der Träume.

Ich kann mich nicht dazu durchringen, dieses Luxusnest zu plündern. Aber ich brauche mehr Federn. Das kalte Schnaufen der Lebenserhaltungsmaschinen erfüllt die Krankenhausflure. Ich betrachte meine Flügel und stelle mir vor, sie wären mit dunkelrotem Flaum bedeckt. Irgendwann werde ich schwach und weide die Kissen doch aus. Wenig später ziert seidenweiches Gefieder meine nun rot gesprenkelten Flügel. Mein Spiegelbild im Fenster gefällt mir jetzt viel besser. Ich schlage behutsam mit den Flügeln, und sie belohnen mich mit leisem Rauschen, das viel eleganter klingt als vorher. Ich beschließe, abermals auf Beutezug zu gehen. Bis das Krankenhaus aufwacht, bleiben mir noch ein paar Minuten. Ich schleiche zur Tür und schiebe sie auf. Kaleidoskopsplitter fallen in den halbdunklen Flur. Ich hätte mir die Nummern der Zimmer aufschreiben sollen, die ich in dieser Nacht schon besucht habe. Wie soll ich jetzt wissen, wo noch etwas zu holen ist? Ich halte die Luft an und schleiche den Flur entlang. So weit habe ich mich noch nie vorgewagt. Plötzlich habe ich das Gefühl, beobachtet zu werden.

»Hallo!«, piepst eine helle Stimme neben meinem Ohr.

Ich zucke zusammen. Ein schmächtiges Kerlchen sitzt auf meinem Servierwagen. Mit seinem kahlen Schädel, den wolkenverhangenen Augen und dem bruchstückhaften Lächeln sieht er aus wie ein blasser Mond, den man zu früh aus dem Bett geholt hat.

»Hallo …«, antworte ich zögernd.

»Ich habe dich gestern mit deinen Flügeln im Flur gesehen. Bist du Tom Cloudman, der Superheld?«

»Äh ... Wie soll ich sagen ...«

Er legt einen Finger an die Lippen, schüttelt den Ostereierkopf und flüstert:

»Ich bin Victor. Und keine Sorge: Ich kann ein Geheimnis bewahren. Ich werde niemandem etwas sagen!«

»Vielen Dank.«

»Geht es dir nicht gut? Deine Flügel sehen aus, als hätte jemand darauf herumgekaut. Und du siehst aus, als hätte dich jemand geschrumpft!«

»Äh ... Ja, genau! Ein Monstergemüse hat mich angegriffen. Es ist riesengroß und furchtbar stark. Es ertränkt seine Opfer in Suppe. In Gemüsesuppe.«

»Ich will nicht in einer Suppe sterben. Ich mag keine Suppe.«

»Keine Angst, ich beschütze dich vor dem Monster.«

Das Mondkind mustert mich skeptisch.

»Hör mal, ich muss jetzt verschwinden. Aber wir können uns bald wiedersehen.«

»Wenn es wieder dunkel ist?«

»Genau.«

»Abgemacht!«

Er reicht mir seine kleine Hand, und ich ergreife sie wie die eines alten Freundes.

»Bis morgen. Bis morgen, Megatom Cloudman«, flüstert er und springt von dem Servierwagen.

Die Infusionsschläuche, die seinem Körper entwachsen, tanzen über das Linoleum wie die Tentakel eines Gummikraken.

Ich lege mich wieder ins Bett und denke an Victor, an den Schlafanzug, der ihm um den schmächtigen Körper schlackert, und an seine Trickfilmaugen. So rasch und lautlos, wie er durch die dunklen Flure huscht, könnte man glatt *ihn* für einen Superhelden halten.

Guten Morgen.« Meine Aufseherin kommt ins Zimmer und mustert mich streng.

»Guten Morgen«, gebe ich freundlich zurück.

»Na, Sie sind ja heute gut aufgelegt.« Sie schaut sich um. »Und keine einzige Feder am Boden. Wir machen Fortschritte«, sagt sie, während sie die abertausendste Spritze aufzieht. »Ihren Arm bitte, Mister McMurphy.«

»Ich heiße Cloudman!«

Da entdeckt sie den fehlenden Tropf.

»Was haben Sie jetzt wieder angestellt?«

»Ich habe mir Flügel gebastelt.«

Sie legt mir eine Hand mit schlecht lackierten Fingernägeln auf die Schulter und bemerkt dabei das Flügelgestell unter meinem Schlafanzug.

»Was ist das? Ausziehen!«

Ich gehorche und stehe mit nacktem Oberkörper vor ihr, die Flügel schauen hinter meinem Rücken hervor.

»Wissen Sie eigentlich, wie gefährlich es ist, Ihre Medikamente einfach so abzusetzen?«, fragt sie sichtlich schockiert.

»Ja.«

»Stecken Sie sofort ihre Infusion wieder ein! Und die Flügel will ich auch nicht mehr sehen.«

»Ich weiß, wie man den Tropf aussteckt, aber nicht, wie man ihn wieder einsteckt.«

»Jetzt reicht's mir! Ich hole Frau Doktor Cuervo!«

Wenige Minuten später stampfen Hufe über den Flur. Pauline hat die Kavallerie alarmiert.

Sie sind zu viert. Die Ärztin marschiert vorweg. Pauline mit ihrem Erwachsenengehirn, das mit meinem inkompatibel ist, verschanzt sich hinter ihrem Rücken. Flankiert wird Frau Doktor von zwei Pflegern im blauen Kittel. Die beiden kommen näher, einer drückt mich aufs Bett, während der andere mir mit einem Ruck die Flügel abreißt. Die Heftpflaster rupfen mir Haare aus, und ich werde wütend. Ihr abschätziger Blick und die Art und Weise, wie sie meine Flügel zerlegen, lösen in mir ein Erdbeben aus. Plötzlich fühle ich mich quicklebendig. Ich will mit der Faust ein Loch in die Wand schlagen, ein Fenster zur Welt, damit ich über die Wolken tanzen und dem Horizont in die Augen sehen kann.

»Kommen Sie, Mister McMurphy, beruhigen Sie sich«, sagt meine Ärztin sanft, aber bestimmt.

»Ich heiße Cloudman!«

»Sie dürfen Ihren Tropf nicht mehr abhängen. Die Infusion hält Sie am Leben. Ohne Medikamente kann sich Ihr Blut nicht regenerieren.«

Sie wendet sich zu ihren Schergen um und bedeutet ihnen, das Zimmer zu verlassen.

»Tom, ich will Ihnen doch nur helfen. Warum sind Sie so unvernünftig?«

»Ich will die wenige Zeit, die mir bleibt, nicht im Bett verschwenden.«

»Hören Sie mir gut zu, Tom Cloudman. Ich bin Onkologin, ich kenne mich aus. Ich konnte schon Patienten, denen es wesentlich schlechter ging als Ihnen, nach einer Weile entlassen, weil der Krebs verschwunden war. Sie haben eine bessere Chance zu überleben, als Sie denken. Aber ich kann Ihnen nicht helfen, wenn Sie mich nicht lassen.«

Ihre geballten Fäuste beulen den Kittel aus.

»Ich verlasse mich auf Sie«, sagt sie im Hinausgehen.

Das Gemüse wird immer mächtiger. Es hat den Zugangscode zu meiner Atmung geknackt. Bei der kleinsten körperlichen Anstrengung schnaufe ich wie ein alter Mann. Ich verliere rapide an Gewicht, habe dabei aber das Gefühl, immer dicker zu werden. Die Zeit vergeht zugleich langsamer und schneller, ich komme da nicht mehr mit. Nur die Beruhigungsmittel weisen mir manchmal einen Ausweg aus dem Labyrinth der Schlaflosigkeit.

Beim Aufwachen fällt mein Blick auf einen roten Fleck auf meinem Nachttisch. Inmitten all des Krankenhausweiß wirkt er wie eine Rose im ewigen Eis. Es ist ein Briefumschlag. Ungeduldig reiße ich ihn auf, um an den Inhalt zu kommen – der nun unglücklicherweise zerrissen ist. Es ist ein Foto. Als ich es wieder zusammengesetzt habe, zeigt es einen Mann mit Vogelkopf und Flügeln am Rücken. Die Federn, die sich von seinem schwarzen Smoking abheben, sind rot wie der Briefumschlag. Um den Mann herum schweben wattige Wolken. Wer kann mir das geschickt haben?

Beim Anblick des Fotos kribbelt es mir in den Fingerspitzen. Kurz entschlossen gehe ich zu dem Mülleimer, in dem die traurigen Überreste meiner Flügel gelandet sind, und ziehe sie heraus. Sie sehen aus wie nach einem missglückten Stunt, denke ich. Eigentlich gefallen sie mir so viel besser als vorher.

Der Tropf stört mich bei meinen Beutezügen, aber ich nehme ihn trotzdem mit. Ständig verheddere ich mich in den Schläuchen oder stoße mit dem Ständer gegen Türrahmen. Oft wecke ich meine Opfer dadurch auf. Sie schreien, machen Licht, klingeln nach der Nachtschwester. Bei manchen läuft es aber auch besser, mit den beiden Riesen habe ich mich mittlerweile angefreundet. Im Hellen sind sie so blass, dass man sie mit den Bettlaken verwechseln könnte.

»Was machst du da, du komischer Vogel?«, brummte der Dickere der beiden eines Nachts, als ich verzweifelt versuchte, unsere Infusionsschläuche zu entwirren.

Ich entschuldigte mich für den Radau und schilderte den Grund meines nächtlichen Besuchs. Er murmelte etwas in seinen müden Weihnachtsmannbart und überließ mir das Innenleben seines Kopfkissens. Seitdem legen mir die beiden jeden Abend ein Häuflein Federn am Fußende ihres Bettes bereit, damit ich ihr Schnarchkonzert nicht störe.

Nur wenn ich das Mondkind besuche, hänge ich den Tropf ab. Für Victor werde ich zum Zauberkünstler und denke mir Abenteuergeschichten aus, um ihn zum Träumen zu bringen.

Gestern Abend habe ich ihm von meinem Plan erzählt, die Kopfkissen in Schweizer Luxushotels zu plündern. Heute hat er gesagt, er wolle sich tot stellen und mit mir in meinem rollenden Sarg aus dem Krankenhaus fliehen. Wir würden eine Meute Schlittenhunde davorspannen, damit wir schneller vorankämen, und sämtliche Schätze der Schweiz wären unser!

Im Frühling sterben zu lernen hat seine Vor- und Nachteile. Auf den kurzen Spaziergängen im Park, die man mir großzügigerweise gewährt, fährt mir ein warmer Wind in den Schlafanzug aus Papier und lässt mich spüren, wie schön es ist, am Leben zu sein. Aber schon nach fünfzig Schritten bremst mich die kleinste Brise aus. Ich muss mich auf eine Bank setzen. Hier bleibe ich bis zur Dämmerung. Die anderen Todeskandidaten sind längst auf ihren Zimmern und üben, im Bett zu sterben. Gleich werde ich ihrem Beispiel folgen. Ein letzter Blick noch in den wolkenlosen Himmel.

Da fällt mir eine rote Feder vor die Füße. Ich hebe sie auf, sie sieht genauso aus wie die Federn aus meinen Kissen. Eine zweite Feder landet auf meinem Kopf. Ich blicke hoch und sehe rote Daunen in Zeitlupe auf den Park regnen. Es ist, als blute der Himmel. Kein Zweifel, das Federgestöber kommt vom Krankenhausdach. Was ist da oben los? Rupft da jemand Vögel? Das muss ich mir aus der Nähe ansehen.

Hinter meinem Zimmerfenster dehnt sich die Nacht, während ich darauf warte, dass die Luft rein ist. Als ich den Tropf ausstecke, jagt mir das »Klick« einen Schauer über die Schulterblätter. »Klick«, ein Geräusch der Freiheit und des Todes. Seltsamerweise hat man einen klareren Blick auf das Leben, wenn der Knochenmann und sein Schattengefolge näher kommen. Ich sollte auf meine attraktive Ärztin hören und im Bett bleiben, vom Tropf an der kurzen Leine gehalten. Insgeheim weiß ich, dass sie recht hat. Aber ich merke auch, wie die Zeit immer schneller verrinnt, ich spüre es bei jeder Bewegung.

Also schwebe ich wie ein ungebügeltes Gespenst ins Treppenhaus. Das Geräusch des Fahrstuhls hätte mich verraten, deshalb mache ich mich zu Fuß an den Aufstieg. Vier Stockwerke sind es bis zum Dach und seinem tiefroten Geheimnis. Ein wütender Wind schleudert die Schatten der Pinien durch die Fenster, als wollte er mich zum Umkehren zwingen. Meine Schritte hallen von den Wänden wider, die Nacht krallt ihre eisigen Finger in meinen Schlafanzug. Am Ende stoße ich auf eine metallene Leiter wie im Schwimmbad. Liebend gern würde ich mich kopfüber in den Himmel stürzen, um der guten alten Zeiten willen. Ich klettere die Leiter hoch, öffne eine knarrende Falltür und bin auf dem Dach. Ich traue meinen Augen kaum.

Eine gigantische Voliere! Ein Federnpalast! Ich stehe in einem riesigen Käfig mit mehreren Erkern, in denen unzählige Kanarienvögel schlafen, den Schnabel unter die Flügel geschoben. Alle erdenklichen Rottöne entflammen die Nacht. Ich trete einen Schritt vor und bemerke, dass die Voliere zu einer Seite hin offen ist – eine Schwelle zum Himmel. Meine Füße versinken in einem weichen Teppich. Federn streicheln meine Haut. Ein Windstoß klappt meine Flügel um wie einen alten Regenschirm. Fast verliere ich das Gleichgewicht, aber ich bin viel zu fasziniert, um Angst zu haben. Für kurze Zeit erhellt ein Lichtstrahl aus der Ferne die nächtliche Szene. Mein Herz schlägt nicht mehr, es tanzt. Ich mache noch einen Schritt. Auf einem eiförmigen Häuschen in einer Ecke hocken zwei große Blechvögel inmitten der echten Tiere. Als ich näher trete, entfalten sie ihre Flügel unter Revolvertrommelklicken. Ein paar Sekunden lang stehe ich da wie erstarrt. Die Aufziehvögel sind lustig, aber auch gruselig. Die falschen Vögel haben die echten geweckt, und diese breiten nun ebenfalls die Flügel aus, öffnen die Stecknadelaugen und zwitschern wild durcheinander. Sie flattern auf, formieren sich zu einem Geschwader und umkreisen mich. Ihre Schreie werden immer schriller, die Kreise immer enger. Flügelspitzen streifen mich, und Schnäbel stoßen nach mir, als wollten auch sie mir Spritzen setzen. Ich weiche zurück, stolpere, hänge plötzlich über dem Abgrund. Weit unten sehe ich die weißen Streifen des Parkplatzes. Die Schnabelspritzen tun weh. Mein linker Fuß rutscht von der Dachkante, mein rechter Fuß tritt ins Nichts. Ich schlage mit den Armen, als hätte ich echte Flügel. Vergeblich. Ich falle.

Da packt jemand sanft meinen Arm, eine zweite Hand greift meine Schulter. Jemand zieht mich zurück aufs Dach. Keuchend liege ich inmitten der Federn auf dem Boden.

»Es ist gefährlich, hier oben herumzuspazieren«, höre ich eine Stimme neben mir sagen. In der Dunkelheit ist die Gestalt kaum zu erkennen, es sieht aus, als wäre sie von Kopf bis Fuß mit Federn bedeckt. Sie duftet schwach nach Röstkastanien und frisch geschnittenem Gras.

Ich versuche zu antworten, aber vor Verblüffung bringe

ich nur bis zur Unkenntlichkeit verstümmelte Sätze heraus. Meine Worte sind Puzzleteile, die partout nicht zusammenpassen.

»Die Vögel wollen Ihnen nichts Böses«, unterbricht mich meine Retterin. »Sie sind nur den Eiern zu nahe gekommen.«

»Wer sind Sie?«

»Diejenige, die Ihnen jetzt rät, schleunigst in Ihr Zimmer zurückzukehren. Es ist kurz vor sechs, Aschenputtel!«

»Sie … passen auf mich auf?«

»Und genau deshalb müssen Sie jetzt gehen.«

Widerstrebend verlasse ich diesen verwunschenen Ort, kehre in mein Zimmer zurück und krieche im allerletzten Moment unter die Decke. Ich habe gerade den Tropf eingesteckt, als die Neonsonne aufflammt.

Ausnahmsweise bin ich froh, ans Bett gefesselt zu sein. So kann ich wenigstens ungestört von der Schwelle zum Himmel träumen. Die Aussicht, dass ich jederzeit dorthin zurückkann, versüßt mir den Tag. Ich muss unbedingt mehr über die Voliere und ihre geheimnisvolle Bewohnerin herausfinden.

So fest ich meine Augen auch verschließe, um den Traum in Rot festzuhalten, er verflüchtigt sich. Ich muss mich wieder dem heimtückischen Gewächs stellen, das in meinem Innern wuchert. Die Rote Bete hat geduldig auf mich gewartet. Ich stelle mir vor, wie sie einen hämischen Blick auf das Krankenblatt wirft, auf dem jeden Tag meine Werte notiert werden.

Jemand klopft an die Tür. Es ist Pauline, meine Krankenschwester, die so engstirnig ist, dass sie manchmal gemein wird. Sie trägt einen großen weißen Karton mit einer granatapfelroten Schleife. Es ist ungewohnt, sie mit etwas so Schönem zu sehen. Sie stellt das Geschenk neben mir auf dem Bett ab und lächelt unergründlich. Langsam wie ein alter Mann setze ich mich auf, löse die Schleife und hebe den Deckel an. Der Karton ist randvoll mit roten Federn gefüllt. Ich tauche erst die Hände hinein, dann die Arme bis zu den Schultern. Ein Stück Himmel vom Zimmerservice. In der Hoffnung, eine Nachricht zu finden, wühle ich in den Federn herum und stoße auf etwas Kaltes, Hartes. Ich lege ein nagelneues Flügelskelett mit mechanischen Gelenken frei. Die Flügel sind etwa doppelt so lang wie meine Arme. Mein inneres Kind macht Freudensprünge wie an Weihnachten. So glücklich war ich seit Jahren nicht mehr.

»Guten Abend, Tom. Wie geht es Ihnen heute?«, fragt meine Ärztin. Ich habe gar nicht bemerkt, dass sie ins Zimmer gekommen ist.

Ich versuche vergeblich, die Flügel unter der Decke zu verbergen und mir das glückliche Grinsen vom Gesicht zu wischen. Ich huste, um meine Glaubwürdigkeit als Todeskandidat zu unterstreichen.

»Sie müssen Ihre Flügel nicht verstecken.«

»Ich habe keine Lust, sie wieder völlig verbogen aus dem Mülleimer ziehen zu müssen.«

»Solange Sie Ihren Tropf in Ruhe lassen, dürfen Sie die Flügel tragen.«

Ich bin bereit. Ich habe den ganzen Nachmittag hart gearbeitet. Ich habe nicht mal gemerkt, wie es dunkel geworden ist. Ich habe Federn, Federn und noch mehr Federn an meine neuen Flügel geklebt und das Skelett an meinem Kampfpyjama befestigt. Für die Schwelle zum Himmel muss man sich schließlich in Schale werfen. Bei dem Gedanken, aufs Dach zurückzukehren, schlägt mein Herz Purzelbäume zu Punkrockmusik.

»Wow! Ist das dein neues Wolkenkostüm?«, ruft Victor, der auf dem Flur herumlungert.

»Mein was?«

»Dein neues Wolkenkostüm. Um auf den Wolken spazieren zu gehen!«

»Ach so. Äh … ja. Heute Nacht probiere ich es auf dem Dach aus.«

»Darf ich mitkommen?«

»Tut mir leid, das geht nicht. Das ist zu gefährlich.«

Victors viel zu große Augen und die Wolken, die sich davorschieben, machen es mir nicht leicht.

»Lass mich erst nachsehen, ob es auf dem Dach spukt. Wenn nicht, nehme ich dich bald mal mit, okay?«

Er nickt langsam.

»Gespenster sind meine Freunde. Du kannst mich beim nächsten Mal also ruhig mitnehmen«, sagt er und lacht wie eine Trickfilmmaus.

»Versprochen.«

Als ich durch die Tür ins Treppenhaus trete, steht er im Flur und sieht mir nach.

Wieder stehe ich an der Schwelle zum Himmel. Der Zauber des Orts ist ungebrochen. Nach dem Aufstieg pfeife ich genauso aus dem letzten Loch wie gestern, aber meine neuen Flügel machen mich unbesiegbar. Ich sehe mich gründlich um und präge mir jedes Detail ein: die handgenähten Stoffvögel, die in Rundkäfigen inmitten der schlafenden Kanarienvögel sitzen, der Flaum, der jeden Quadratzentimeter des Dachs überwuchert, die Nebelschwaden, die in Zeitlupe vorbeiziehen und Mondschein und Nacht verschmelzen lassen. Man könnte meinen, das Dach hätte sich vom Krankenhaus gelöst und würde hinaus ins Weltall schweben. Mein Blick fällt auf einen riesigen Wattebausch mitten in der Voliere. Entweder hat die Vogelfrau eine Wolke vom Himmel abgehängt, oder sie hat ein Faible für Abschminkwatte. Die Federn am Boden rascheln, dabei ist es völlig windstill. Spukt es in der Voliere vielleicht tatsächlich? Ehrlich gesagt würde ich mich mit Victor an meiner Seite sicherer fühlen.

Ich nähere mich der prächtigen Haufenwolke und stelle fest, dass es ein Nest ist, in dem ein Dutzend Eier liegen. Sie sind handbemalt, offenbar mit Lippenstift. Über meinem Kopf höre ich ein leises metallisches Quietschen. Das Geräusch wird lauter, wie aus dem Nichts kommt plötzlich ein Wind auf. Ich lege den Kopf in den Nacken und entdecke direkt über mir eine Korbschaukel. Eine vertraute Gestalt schwingt ins Licht und zurück in die Dunkelheit wie ein Vogelgespenst.

Ein hautenger Federanzug schmiegt sich an ihren Körper, eine Kapuze umrahmt ihr Gesicht. Sie sieht aus wie Rotkäppchen, das sich als Vogelweibchen verkleidet hat. Ihre Hände stecken in schwarzen Samthandschuhen. Plötzlich verspüre ich den unwiderstehlichen Drang, sie zu berühren. Ich trete einen Schritt vor. Ihr sinnlicher Mund blinkt wie ein Leuchtturm in der Nacht. Flügelrascheln, die Korbschaukel schwingt langsamer, mein Herz schlägt schneller. Auf ihrer linken Schulter sitzt ein roter Kanarienvogel. Ich trete noch etwas näher. Die langen Federn an ihren Armen strecken sich zu majestätischen Flügeln.

»Sie sind aber ganz schön hartnäckig«, sagt sie von ihrer ausschwingenden Schaukel aus. Ihre Stimme klingt so, wie ich sie in Erinnerung habe: warm, aber reserviert.

»Ich wollte mich bei Ihnen für die Flügel bedanken«, sage ich und wedele unbeholfen mit den Armen.

»Gern geschehen. Sie tragen sie mit eleganter Komik.«

»Das heißt?«

»Dass Sie an der Eleganz noch arbeiten müssen.«

Die Vogelfrau droht mir den Kopf zu verdrehen. Den Hals verrenkt hat sie mir jedenfalls schon. Meine Nackenmuskeln werden von ihrer Schaukel ferngesteuert. Ihr von zartem Flaum umrahmtes Gesicht zieht mich in seinen Bann. Es ist so ausdrucksstark, dass sie keine Worte braucht, um sich mir mitzuteilen. Ich bin die Treppe hochgegangen, um mehr über diese himmlische Sirene herauszufinden, aber jetzt will ich nur noch bis zum Sonnenaufgang ihrem hin- und herschwingenden Mund zuschauen. In der Ferne rasen Lastwagen über die Autobahn, das Rauschen dringt wie aus einer anderen Welt zu mir herauf.

Die Vogelfrau steigt von der Schaukel und kommt auf mich zu. Sie vergewissert sich, dass meine Flügel richtig sitzen.

»Möchten Sie fliegen lernen, Tom Cloudman?«

Einen Moment lang denke ich, dass sie sich über mich lustig macht, aber als ich sehe, dass sie ernst bleibt, antworte ich:

»Ihr Federkleid ist umwerfend, viel überzeugender als mein Kostüm. Ich will mit meinen Flügeln ein Kind, das in diesem Krankenhaus lebt, zum Träumen bringen. Warum verkleiden *Sie* sich?«

Flügelrascheln. Die Vogelfrau zieht an ihrer Zigarette. Die Lider verschlucken ihre Pupillen, als würde im Puppentheater der Vorhang zugezogen. Sie streckt die Arme seitlich aus, geht in die Knie, drückt das Kreuz durch und stößt sich mit ihren schwindelerregenden Absätzen vom Boden ab. Sie schlägt elegant mit den Flügeln und wirbelt den Zigarettenrauch auf. Dem Mond stockt vor Verliebtheit der Atem. Die Sterne neigen sich neugierig zu ihr herunter und stoßen sich an der Kante des Krankenhausdachs. Die Vogelfrau kreist einmal über mir. Während sich der Zigarettenrauch verflüchtigt, kommt sie wieder zu mir herabgeschwebt und landet geräuschlos auf dem Federteppich. Ihre Augenlider flattern wie Schmetterlinge. Aus Angst, ich könnte aus diesem wunderschönen Traum erwachen, halte ich die Luft an. Die Vogelfrau hat sich plötzlich in sich selbst zurückgezogen, sie wirkt zerbrechlich wie ein Champagnerglas inmitten eines Erdbebens.

»Das ist keine Verkleidung«, flüstert sie und schlägt die Augen nieder.

Mir dröhnt der Schädel wie einem Boxer nach dem K. o. Ich setze mich auf den Boden. Trotzdem habe ich das Gefühl zu fallen. Ich muss eine ganze Weile vergessen haben zu atmen. Ein Schluckauf durchzuckt mich wie ein Wackelkontakt.

»Also? Wollen Sie fliegen lernen oder nicht?«

Ich nicke und beginne zu zittern, was die Vogelfrau offensichtlich lustig findet.

»Ich biete Ihnen ein Tauschgeschäft an. Wenn Sie sich darauf einlassen, kann ich Ihnen ein zweites Leben schenken.«

»Wollen Sie mir einen Pakt mit dem Teufel vorschlagen?«

»Sozusagen. Etwas zwischen einem Pakt mit dem Teufel und einer Ehe. Aber es geht tausendmal mehr unter die Haut.«

»Ich nehme das Angebot an.«

»Wollen Sie nicht –«

»Die Bedingungen interessieren mich nicht.«

»Sie können das Angebot nicht annehmen, ohne zu wissen, worauf Sie sich einlassen«, sagt sie streng. »Beim Poker legt man die Karten auch nicht auf den Tisch, bevor man sein Blatt kennt.«

»Dann teilen Sie die Karten aus!«

»Heute ist es zu spät, die Nacht verblasst schon. Sie können nicht länger bleiben. Kommen Sie morgen um Mitternacht wieder, dann erläutere ich Ihnen die Bedingungen unserer Vereinbarung. Anschließend dürfen Sie das Angebot annehmen oder ablehnen.«

Als sie »annehmen« sagt, blinzelt sie dreimal. Dann verschränkt sie zweimal hintereinander die Arme und lässt sie wieder fallen. Sie sieht aus wie ein verwundeter Vogel, der nicht weiß, wohin er seine Füße stellen soll.

»Ich heiße übrigens Endorphina«, flüstert sie und schiebt ihre gefiederte Hand in meine. Mit unergründlicher Anmut.

Ich renne die Treppe hinab wie ein frisch verliebter Jüngling. Ich fliege über die Stufen, bis ein stechender Schmerz im Kreuz mich zur Ordnung ruft. Ich hatte die Rote Bete fast vergessen! Keuchend erreiche ich den Flur, der bereits hell erleuchtet ist. Hastig schlüpfe ich in mein Zimmer, aber das Empfangskomitee ist mir zuvorgekommen.

»Ich war nur kurz auf dem Klo.«

»Sie haben eine Toilette in Ihrem Zimmer, Herr Cloudman. Sie müssen sich schonen.«

»Schonen kann ich mich, wenn ich tot bin.«

Die Krankenschwester verdreht die Augen und geht aus dem Zimmer. Meine Lider sind schwer wie Baggerschaufeln, aber ich weiß, dass ich nach den Ereignissen der Nacht noch lange wach liegen werde.

Als Vogel im Schlafanzug muss ich den Sandmann verschreckt haben, er hat sich nicht blicken lassen. Ich hieve meinen Körper in eine sitzende Position und widme mich der Fertigstellung meiner Flügel.

In meinem alten Leben hatte ich zwei linke Hände. Mit schöner Regelmäßigkeit scheiterte ich an den einfachsten Sachen. Autofahren, umziehen, Dinge reparieren oder instand halten, das alles fand ich furchtbar kompliziert. Aber seit ich die Vogelfrau in ihrem Nest auf der Schwelle zum Himmel entdeckt habe, ist meine Ausdauer erstaunlich. Ich bemühe mich, meinen Lebensfaden wieder aufzuwickeln, so dünn er auch sein mag.

Die Aussicht auf ein zweites Leben betäubt jeden vernünftigen Gedanken. Ich muss einfach an Endorphinas Macht glauben. Für Zweifel habe ich keine Zeit mehr. Glauben ist alles, was mir noch bleibt. Vielleicht schafft es die Vogelfrau ja tatsächlich, mir das Fliegen beizubringen. Erinnerungen an meine alten Stunts steigen in mir auf, die Adrenalinpumpe springt an. Mein letzter Tanz, mein letztes Feuerwerk! Ich möchte spüren, wie die Rakete in mir zündet. Ich muss noch vor meinem Tod wiederauferstehen, denn danach werde ich zu müde sein. Komm, Endorphina, schick mir deine Kometen! Ich will dich spüren und wieder zum Leben erwachen. Schick mir Gewitterstürme, die Löcher in den Himmel reißen, die Wolken bluten lassen und den Horizont in dunkles Rot tauchen.

»Guten Morgen, Herr Cloudman«, sagt Pauline in dem mitleidigen Tonfall einer Sozialarbeiterin.

»Guten Morgen …«

Sie beugt sich über meinen Arm und prüft den Infusionsschlauch. Das Einstecken beherrsche ich mittlerweile so perfekt wie eine examinierte Krankenschwester.

»Sehr schön, Herr Cloudman. Frau Doktor Cuervo wird zufrieden sein!«

Später am Tag stellt die Rote Bete sicher, dass ich sie nicht vergesse. Sie schlägt ihre Krallen in meinen Bauch und setzt ihr Ich-habe-hier-das-Sagen-Gesicht auf. Wie immer, wenn sie das macht, walzt der Schmerz alles platt. Ich versuche verzweifelt, an Endorphina zu denken, aber ich sehne mich nur nach Miss Morphinas Armen. Ich bin der Willkür der Roten Bete und meinem Selbstmitleid hilflos ausgeliefert. Frau Doktor höchstpersönlich setzt mir eine Spritze. Angeblich tut es weniger weh, wenn dir eine Fee im blauen Sack die Nadel in den Körper sticht. Ihre warmen Finger schwärmen über meine Adern. Sie riecht wunderbar frühlingshaft. Das Bett weicht unter mir zurück, meine Muskeln entspannen sich. Ich sage zu der Ärztin, ihr Stich sei so grazil wie der einer Bienenkönigin. Bienen sterben nach dem Stich, antwortet sie. Wäre es nicht lustig, wenn alle Krankenschwestern tot umfallen, sobald sie jemandem eine Spritze gegeben haben? Massensterben um sechs Uhr morgens, überall auf den Fluren lägen Leichen im weißen Kittel. Miss Morphina wiegt mich sanft im Arm und beschützt mich vor der Roten Bete. Sie jagt mir eine Dosis künstlichen Himmel durch die Adern, ich werde zu einem Vogel aus Watte. Der Schmerz vergeht, mein Körper zerfällt aufs Angenehmste in seine Einzelteile. Der warme Atem der Ärztin streicht über mein Gehirn und lässt weiße Federn durch das Labyrinth meiner Adern strömen. Ich bin das Bett, meine Haut ist das Laken. Miss Morphina leckt an meinen weißen Blutkörperchen, durch meine Adern fließt Milch statt Blut. Ich bin schwanger, ich werde ein Ei legen, ein Ei, in dem ich mich selbst verstecke. In einem Korb voller Ostereier kann die Rote Bete mich nicht finden!

Dunkelheit umhüllt mich, als ich die Treppe hochschleiche und darauf achte, keine Spuren zu hinterlassen. Mir geht es wie einem Dieb, der auf Träume spezialisiert ist: Ich muss immer mindestens so viele davon stehlen, dass ich den nächsten Tag überstehe. Aus der Voliere weht Gezwitscher zu mir herunter. Mit jeder Stufe wird es lauter, ein wahres Pfeifkonzert. Ich schiebe die schwere Falltür auf, sie knarrt wie die Gelenke eines Riesen. Oben fällt mein Blick auf einen kleinen roten Konzertflügel, dessen Deckel offen steht. Auf den Filzhämmerchen sitzen der Größe nach geordnet ein Dutzend Kanarienvögel und wippen mit dem Kopf. Endorphinas Engelspo wiegt auf dem gepolsterten Klavierhocker hin und her. Ihre Finger streicheln die Tasten, ihre Füße treten die Pedale. Jeder Anschlag bringt einen anderen Vogel zum Singen. Mein Blick versinkt in den Federn an Endorphinas Hüften.

Sie beginnt zu singen und begleitet sich auf dem Vogelklavier. Ihre Stimme fährt Achterbahn, flüstert, kreischt, schreit. Eine Vogelarie in a-Moll. Sie spielt immer schneller und greift immer heftiger in die Tasten. Die Kanarienvögel flattern erschreckt auf. Als alle ihren Platz verlassen haben, singt Endorphina a cappella weiter, außer ihrer Stimme ist nur noch das Flügelschlagen zu hören. Plötzlich verstummt sie. Die Vögel lassen sich wieder auf den Filzhämmerchen nieder. Sie strafft die Schultern, tritt mit einer eleganten Drehung des Absatzes ihre Zigarette aus und wendet sich mir zu.

»Ich habe jedem Vogel beigebracht, einen bestimmten Ton zu trällern. Allerdings neigen sie manchmal zum Improvisieren. Ihr Gesang ist ungefähr so melodisch wie der von wilden Vögeln kurz vor Sonnenaufgang. Wenn Sie lernen wollen, so selbstverständlich zu fliegen, wie diese Vögel singen, müssen Sie es ihnen gleichtun. Das ist Ihr erster Schritt auf dem Weg zu einem neuen Leben.«

»Sie wollen mich in ein Klavier sperren und auf Tastendruck singen lassen?«

»Das wird nicht nötig sein. Aber singen ist eine gute Vorübung fürs Fliegen. Gesangsübungen trainieren die Atmung und das Zwerchfell. Beim Singen entspannt man sich und konzentriert sich ganz auf das, was man erreichen will.«

»Wie meinen Sie das?«

»Beim Singen öffnet man sich allen möglichen Gefühlen und vergisst darüber trotzdem nicht, den Ton zu treffen und einer Melodie zu folgen, oder?«

»Ja …«

»Tja, beim Fliegen ist es genauso. Nur dass man keine Noten singt, sondern einer Partitur der Lust folgt.«

»Was bedeutet das?«

»Man muss ganz fest daran denken, was einem guttut, was einem am wichtigsten ist oder was man am liebsten tun würde … Kommen Sie, ich zeige es Ihnen.«

Endorphina steckt sich eine *Camel light* zwischen die rubinroten Lippen und stößt ein Playmobil-Wölkchen aus. Ich will eine *Camel light* sein. Zwischen ihren Fingern hin- und herrollen, ihren Prinzessinnengaumen berühren, mich in Rauch auflösen, ihre Luftröhre hinabströmen, von innen ihre Brüste streicheln und dann als Teerblume in ihrer Lunge erblühen.

»Alles in Ordnung?«

»Ja. Ich habe nur schon mal geübt, mich einem Gedanken hinzugeben, der mich abheben lässt.«

»Möchten Sie eine Zigarette?«

»Nein, danke, ich rauche nicht.«

»Schön. Und jetzt passen Sie auf.«

Sie schlägt eine Taste an, und einer der Vögel beginnt zu zwitschern. Die Vogelfrau bewegt ihre feingliedrigen Finger auf den Sänger zu und streichelt ihn. Sie fängt unter dem Schnabel an und wandert nach unten. Der Stelle zwischen den Beinen widmet sie sich ausführlich. Der Vogel trällert ein kräftiges Tremolo, setzt einen passenden zweiten Ton hinzu und rutscht dann eine Oktave höher, während ihre Bewegungen schneller werden.

»Sie masturbieren Ihre Vögel!«

»Immer gleich so große Worte! Ich sorge nur dafür, dass ihr Körper die Endorphine, die das Gehirn ausschüttet, besser aufnehmen kann. Und beschere ihnen nebenbei eine kleine Extradosis.«

»Ich nehme das Angebot an.«

»Ich habe Ihnen doch noch gar nicht die Bedingungen –«

»Ich akzeptiere Ihre Bedingungen.«

»Das reicht mir nicht.«

»…«

»Schön, dass Sie sich mir so spontan hingeben, aber Sie wissen noch nicht genug, um eine Entscheidung von solcher Tragweite zu treffen. Es geht hier nicht um einen Gleitschirmkurs oder etwas Ähnliches. Wenn Sie leben wollen, müssen Sie Ihr menschliches Dasein hinter sich lassen und zum Tier werden. Sie müssen eine Metamorphose durchmachen und sich in einen Vogel verwandeln, mit Leib und Seele. Das hat weitreichende Folgen. Aber es würde Ihnen das Leben retten.«

»Das müssen Sie mir genauer erklären.«

»Die Metamorphose ist vererbbar, meine ganze Familie ist wie ich. Und wir können die Fähigkeit auch an andere weitergeben. Durch den Liebesakt. Das Phänomen geht auf meinen sehr großen Großvater zurück.«

»Ihren sehr großen Großvater?«

»Ein Arzt und Erfinder, wie es sie im 18. Jahrhundert gab, jemand, der zeit seines Lebens von Metamorphosen fasziniert war. Seiner Meinung nach ist die Verwandlung der einzige Weg, um wahrhaftig zu leben. Kennen Sie Ovid, den römischen Dichter? Das war sein Lieblingsschriftsteller. Mein sehr großer Großvater verwandte einen Großteil seiner Zeit darauf, Ovids Geschichten wahr werden zu lassen. Wenn man zu einem Mischwesen aus Mensch und Tier wird, erweitert man seine Wahrnehmung. Und als sich mein sehr großer Großvater in meine Großmutter verliebte, wurde sie die erste Vogelfrau der Familie.«

Endorphina steckt sich nervös eine weitere Zigarette an, stößt den Rauch aus wie ein Ausrufezeichen und fährt dann fort:

»Die Metamorphose ist recht unsanft. Sie erschüttert einen bis in die letzte Zelle. Der Adrenalinstoß ist so heftig, dass er einen Herzinfarkt auslösen kann, und bei Ihrem Zustand ist es fraglich, ob Sie ihn überleben würden. Der Erfolg der Verwandlung hängt auch davon ab, ob Sie bereit sind, einem anderen Ich Platz zu machen, Ihrem wahren Ich. Sie müssen sich selbst überwinden. Wenn Ihnen das gelingt und die Metamorphose erfolgreich ist, verschwindet der Krebs. Dann sind Sie gerettet.«

»Ich habe nichts zu verlieren.«

»Doch, Ihr Leben als Mensch. Sie werden es aufgeben müssen. Niemand reagiert gleich, bei jedem treten andere Nebenwirkungen auf. Wegen Ihrer Krankheit können Sie sich nicht nur zum Teil verwandeln. Ich bin ein Mischwesen, halb Frau, halb Vogel. Ich mache jeden Abend eine Verwandlung durch und werde am Morgen wieder zum Menschen. Wenn mein Frauenkörper altert, wird der Vogel in mir immer häufiger zum Vorschein kommen. Und wenn ich als Mensch sterbe, werde ich ganz und gar zum Vogel. Aber Ihre Krebserkrankung verhindert diesen natürlichen Ablauf. Nur eine vollständige Verwandlung kann Sie vor dem Tod retten.«

»Ich habe keine Angst.«

»Das habe ich befürchtet. Ich weiß, wozu Sie imstande sind. Aber auch, wozu Sie nicht imstande sind.«

Als sie das sagt, fühle ich mich wie der stärkste und schwächste Mensch zugleich.

»Außerdem werden Sie die Eigenschaften des Vogels übernehmen, in den Sie sich verwandeln.«

»Kann man sich denn aussuchen, was für ein Vogel man wird?«

»Das geschieht ganz unbewusst. Man wird zu dem, was man bereits ist.«

»Heißt das, ich werde vielleicht ein plumper Laufvogel, der gar nicht fliegen kann?«

»Das ist nicht auszuschließen. Wie dem auch sei, die Leute werden Sie seltsam finden. Sie werden von Ihnen fasziniert sein und Sie zugleich verachten.«

»Ergeht das nicht allen so, die ein bisschen anders sind?«

»Ja, aber in Ihrem Fall ist es noch schlimmer. Falls Sie sich für die Metamorphose entscheiden, dürfen Sie mit niemandem darüber reden. Ihretwegen und meinetwegen.«

»Ich kann ein Geheimnis bewahren.«

»Eins sollten Sie bedenken, bevor Sie den großen Schritt wagen. Ich will Ihnen eine Geschichte erzählen. Mein Onkel war halb Pferd, halb Mensch und hielt das Leben im Verborgenen irgendwann nicht mehr aus. Er war ein kräftiger Schecke mit grauen Augen, der allmählich erblindete. Eines Nachts beschloss er, einen Ausflug in die schicken Viertel von Paris zu machen. Er verirrte sich und galoppierte durch den strömenden Regen. Doch der Wolkenbruch konnte ihn nicht aufhalten. Ich höre ihn noch schwärmen: ›Der Eiffelturm um Mitternacht, wie wunderbar, oh, welche Pracht!‹ Er wollte die Lichter ein letztes Mal aufflammen sehen, bevor sich die Dunkelheit für immer über seine grauen Augen legte. Aber leider kann man als Pferd nicht ungestraft durch die Straßen von Paris galoppieren. Die Leute verfolgten und bedrängten ihn in ihren Autos, hupten aus Spaß oder weil es sie ärgerte, dass er nicht auf rote Ampeln achtete, und wichen ihm erst im letzten Moment aus. Einer versuchte, auf seinen Rücken zu klettern, und mein Onkel warf ihn kurzerhand ab – er hasste es schon immer, wenn jemand ihm seinen Willen aufzwingen wollte. Die Leute wurden immer aggressiver. Um zehn Minuten nach Mitternacht gingen am Eiffelturm die Lichter aus. Der Platz vor dem Trocadero schimmerte wie ein zugefrorener See. Mein Onkel sah kaum noch etwas, und seine Hufe fanden auf dem spiegelglatten Asphalt keinen Halt. Er schlitterte gegen die Füße seines Lieblingsbauwerks. Am nächsten Morgen fand man seine von Tau überzogene Leiche. Mein Onkel sah aus, als würde er lächeln. Niemand wagte es, sich dem großen toten Körper zu nähern. Die Kinder hätten gern mit ihm gesprochen, die Männer ihn fotografiert und die Frauen ihn berührt. Ich erzähle Ihnen diese Geschichte, um Sie darauf hinzuweisen, dass man sich nach der Metamorphose nicht mehr unbefangen in der Öffentlichkeit bewegen kann. Man muss sich auf Ablehnung gefasst machen. Man trägt ein Geheimnis mit sich herum und muss sich verstecken. Man ist allein. Es ist kalt, und man ist allein.«

»Ergeht es allen, die sich verwandeln, so?«

»Nein, zum Glück nicht, manche Geschichten gehen auch gut aus. Zum Beispiel die von der Storchenfrau, die in einem verlassenen Haus mitten im Wald lebte. Sie wurde aus Versehen von einem Jäger angeschossen, als sie sich gerade verwandelt hatte. Als er ihr den Gnadenschuss geben wollte, gab sie sich als Mensch zu erkennen und flehte um ihr Leben. Daraufhin nahm er sie mit nach Hause und pflegte sie gesund. So verliebten sich die beiden ineinander.«

»Und wie steht es heute um sie?«

»Sie sind immer noch genauso verliebt, nur älter. Es sind meine Eltern.«

»Jetzt haben Sie mir Ihr Geheimnis verraten. Ich dachte, man darf nicht darüber reden?«

»Das ist ein Vertrauensbeweis. Wenn Sie wollen, dass ich Ihre Verwandlung in die Wege leite, müssen Sie mir auch vertrauen.«

Das Knarren der Schaukel unterstreicht ihre Worte wie ein Trommelwirbel. Plötzlich wirkt Endorphina klein und verloren, wie ein Mädchen, das nicht mehr aufhören kann, nervös mit den Wimpern zu schlagen. Dann sieht sie mir direkt in die Augen.

»Würdest du mit mir schlafen? Und ein Kind mit mir zeugen?«

In der plötzlichen Stille buhlt der Wind um unsere Aufmerksamkeit. Er pfeift durch die Äste der großen Tanne neben dem Krankenhaus.

»Die Metamorphose ist nur durch den Liebesakt übertragbar. Du musst damit einverstanden sein, möglicherweise Vater zu werden«, sagt sie mit so dünner Stimme, dass ihre Worte im Wind davonwehen. »Du würdest mich sehr glücklich machen. Wunschlos glücklich.«

Die Überraschung lähmt mich. Kurzschluss zwischen Herz und Hirn. Ein Glasbläser versucht, meinen Gedanken eine Form zu geben, ich kann seine Flamme spüren.

Ich habe behauptet, ich hätte keine Angst, aber das war gelogen.

»Ich habe dich gewarnt. Ein Pakt mit dem Teufel ist gar nichts im Vergleich zu der Vereinbarung, die ich dir vorschlage: dein Leben im Tausch gegen ein neues.«

Ich fühle mich wie eine Glocke nach den zwölf Schlägen um Mitternacht.

»Bisher hatten alle Angst vor einer Vogelfrau, die sich ein Kind wünscht.«

Sie streichelt ihren Federnbauch wie eine Wahrsagerin ihre Glaskugel. Dann zündet sie sich eine Zigarette an und schafft es so, einigermaßen Haltung zu bewahren. Schweigen. Eine ganze Schar Engel zieht im Rauch ihrer *Camel light* vorbei.

Ihre kühle Stimme durchbricht die Stille.

»Also, was sagst du? Denk in Ruhe über mein Angebot nach. Aber warte nicht zu lange.«

Ich stehe auf, und als ihr Atem mich streift, bekomme ich weiche Knie. Mir wird schwindelig. Ich gehe auf sie zu, bis ich den morgenfrischen Duft ihres Dekolletés rieche. Federn durchdringen mich in Zeitlupe. Ihr Körper biegt sich über meinen, ich kuschle mich in ein Nest. Unsere Schatten gehen im Mondschein zusammen und wieder auseinander. Mit verführerischem Vorsatz öffnet sie die Lippen. Meine Zunge ertastet ihren Gaumen und wird von einer nach Orangenblüten schmeckenden Zunge umschlungen. Ihr Po schwingt neben dem Klavier hin und her, die Tasten senken sich von selbst. Erstes Stöhnen. Sanftes Reiben. Ihre Pupillen weiten sich und beginnen zu glänzen. Vor Erregung rutscht mir der Magen in die Kniekehlen. Ich hebe ab und halte mich an ihren Flügeln fest, um nicht davonzuschweben. Unser Rhythmus wird schneller, die Sterne stoßen aneinander, Daunen wirbeln zum Himmel auf, wir wälzen uns über den Federnteppich. Dann vollführt sie einen erstaunlichen Zaubertrick mit den Hüften. Dunkelrote Hexerei. Mir ist, als verwandle ich mich jetzt schon. Unser Wind wird zum Sturm, unsere Flügel knattern wie die Segel eines Viermasters. Beiderseitige Ekstase. Selbst der Mond errötet. Vierundzwanzig Sekunden lang besteht die Welt aus nichts als Federn. Dann sinken sie wie Schneeflocken zu Boden.

»Du musst zurück auf dein Zimmer, sonst verwandelt dich eine böse Fee noch in einen Frosch«, flüstert Endorphina.

»Willst du nicht noch einmal gute Fee für mich spielen?«

»Es ist sieben vor sechs, Tom!«

»Schon gut, ich gehe ja …«

»Hast du nicht etwas vergessen?«

Ich küsse sie auf die Lippen wie ein Teenager, der nichts mit seiner Zunge anzufangen weiß. Endorphina stößt ein glockenhelles Lachen aus.

Ich steige durch die Falltür, die meine beiden Welten voneinander trennt. Ihr Lachen klingt mir noch in den Ohren. Drei Kratzer zieren meine linke Schulter, aus einem erotischen Kampf mit einer Vogelfrau geht man nicht unversehrt hervor. Ich spüre einen Luftzug an meinen Oberschenkeln und schlagartig wird mir klar, dass ich meine Schlafanzughose auf dem Dach vergessen habe. Natürlich könnte ich die Flügel als Lendenschurz benutzen und inmitten der Frühstückstabletts eine flotte Sohle aufs Parkett legen: Ich würde wie Frank Sinatra *Fly Me to the Moon* singen, einen Stepptanz aufführen und mir ein Musical für Möchtegernnudisten ausdenken.

Mein Gehirn kommt wieder so weit zur Vernunft, dass ich beschließe, mir die Hose wiederzuholen. Hastig öffne ich die Falltür. Auf der Uhr in der Voliere ist es drei Minuten vor sechs. Meine Schlafanzughose liegt auf dem Bett aus Federn. Direkt daneben ist eine Metamorphose im Gang. Die Vogelfrau, mit der ich soeben ein paar sehr intime Momente verbracht habe, verliert ihr Gefieder. Ein paar Vögel beginnen lautstark zu zwitschern, die Idioten verpfeifen mich noch!

Zwei Minuten vor sechs. Die Federn an ihren Hüften ziehen sich zurück. Ihre Brüste, die meinen Fingerspitzen wohlbekannt sind, recken sich wie Pickelhauben dem Mond entgegen.

Eine Minute vor sechs. Sie ist jetzt von den Schultern bis zu den schmalen Füßen nackt. Nur der Kopf ist noch gefiedert. Ein Teil von mir will so schnell wie möglich in mein Bett zurück, aber ein anderer, neugierigerer Teil will auf der Schwelle zum Himmel bleiben. Endorphina zündet sich eine *Camel light* an, setzt sich auf den Rand des Daches und lässt die Beine baumeln. Wenn ich warte, bis sie ihre Kippe aufgeraucht hat, habe ich ein Problem.

Sechs Uhr. Die monotone Symphonie der Digitalwecker hallt durch die Krankenhausflure und kriecht die Metallleiter hoch wie eine Schlingpflanze. Ich rühre mich nicht vom Fleck, ich will unbedingt das Menschengesicht der Vogelfrau sehen. Sie drückt ihre Zigarette in einem Porzellanaschenbecher aus, während die Sterne am Himmel verblassen. Die Federn auf ihrem Gesicht verschmelzen eine nach der anderen mit der Haut. Sie schließt die Augen, Nasenspitze und Wangen kommen zum Vorschein. Endorphinas ganzer Körper zittert, ihre Lider sind immer noch geschlossen. Die Hose ist mir mittlerweile völlig egal. Eine Kraft zieht mich zum Himmel, eine andere drückt mich zu Boden. Im nächsten Moment kommt ihr schlanker Hals zum Vorschein. Das Kinn muss sich auch nicht schämen. Ihre großen Augen schimmern, das braune Haar flutet über den Rücken.

Zwei Minuten nach sechs. Ich habe mit meiner Ärztin gevögelt.

Die Nacht hat ihren samtenen Mantel abgestreift und ihn über die Wäscheleine des Horizonts gehängt. Es ist drei Minuten nach sechs, ich trage immer noch keine Hose. Ich laufe die Treppe runter wie ein gut gelaunter Todeskandidat. Im Flur streckt mir ein Servierwagen seine metallenen Arme entgegen. Ich nehme Anlauf, meine eingerosteten Gelenke knacken wie die eines Roboters. Unter meinen Füßen wird das Linoleum zur Startbahn. Ich werfe mich auf den Servierwagen und lande inmitten von berstenden Plastikbechern. Die Neonlampen sind grell wie in einem Leichenschauhaus. Eine Schar Ektoplasma-Gespenster in weißen Kitteln lungert vor meiner Zimmertür herum. Der Servierwagen gewinnt an Geschwindigkeit. Ich versuche, mit meinen Bauchmuskeln in Verbindung zu treten, aber sie antworten mir, sie hätten ihr Sixpack schon lange geleert. Teller fallen klappernd von dem Servierwagen. Ich schlage mit den Armen und schreie wie ein Nachtvogel, der Boden rast unter meinem Rennwagen hinweg. Die Krankenschwesternschar kommt näher, die Kugelschreiber in ihren Kitteltaschen recken sich mir kampflustig entgegen. Jetzt habe ich sie fast erreicht. Ich muss abheben, bevor ich eine von ihnen umfahre.

Ich denke an Endorphina, an unser Geheimnis, an die Metamorphose und daran, dass ich möglicherweise Vater werde.

Ich bin ein altes Kind. Vielleicht sterbe ich, bevor mein Kind geboren wird, aber im Moment fühle ich mich lebendiger denn je. Mein Oberkörper löst sich vom Servierwagen. Ich bin so high, dass ich durch die Decke fliegen könnte. Stattdessen bekomme ich einen Schlag vor die Stirn. Ich habe wohl vergessen zu singen.

Stimmengewirr. Ein paar Wörter stechen hervor, ernste, kalte Wörter. Jemand ist verletzt. Verschwommen sehe ich Endorphina in ihrem Arztkostüm, sie diskutiert mit ihren Schergen. Neben ihnen liegt eine alte Dame auf einer Trage und stöhnt. Meine Flügel sind schwer. Ich liege am Boden, trotzdem ist mir schwindelig. Die Frau fängt an zu schreien wie eine Besessene.

Unter den strafenden Blicken der Ektoplasma-Gespenster humple ich durch den Flur. Verschämt bemühe ich mich, meine Blöße zu bedecken.

»Wir müssen Sie verlegen, Herr Cloudman.«

Endorphina kommt auf mich zu. Braune Locken wallen über ihre Vogelschultern. Ich kann an nichts anderes denken, als dass wir miteinander geschlafen haben.

»Wir bringen Sie in ein Isolierzimmer, zu Ihrem Besten und zu dem Ihrer Mitpatienten. Pauline hilft Ihnen, ihre Sachen zu packen.«

Die Worte knallen wie Ohrfeigen. Eiskalte Augen, Hundertachtzig-Grad-Drehung, ein Luftzug, dann Leere. Ich fühle mich verraten, von dem Vogelweibchen und von der Menschenfrau. Sie lügt mit der Eleganz einer Zauberkünstlerin. Hinter mir schreit die Alte auf ihrer Trage wie Janis Joplin.

Ich wage nicht, mich umzudrehen. Es ist kein guter Moment, um hysterisch loszulachen.

»Sie haben Madame Sérault mit dem Servierwagen angefahren und ihr ein Schienbein gebrochen«, faucht ein Gespenst in Gesundheitsschuhen.

Schuldbewusst versuche ich, die alte Dame zu fragen, wie es ihr geht, aber die Gesundheitsschuhträgerin versperrt mir den Weg.

»Finden Sie nicht, dass Sie genug Schaden angerichtet haben? Lassen Sie Madame Sérault in Ruhe!«

Ihre Stimme bebt vor moralischer Empörung, sie genießt es sichtlich, mich herunterzuputzen. Ich schweige. Die Alte kreischt weiter.

Mit hängenden Schultern sammle ich meine herumliegenden Federn ein und stecke sie in die Taschen meiner Schlafanzugjacke. Manche gehören Endorphina.

»Sie haben auch noch welche im Haar!«, ruft eine Krankenschwester kichernd.

Weil mir das alles furchtbar peinlich ist, sind meine Bewegungen noch unbeholfener als sonst, ich verliere die Hälfte meines jämmerlichen Schatzes. Ohne es zu ahnen, habe ich soeben mit zwei Frauen geschlafen, und jetzt verachten mich vermutlich beide. Ich weiß von ihrem zweifachen Ich, aber sie weiß nicht, dass ich es weiß, und das ist ein Problem. Ich sitze in der Falle. Aus dem Isolationszimmer komme ich nicht mehr heraus. Keine nächtlichen Spaziergänge auf dem Dach mehr, keine Besuche beim Mondkind.

Erst lassen mich die Ektoplasma-Gespenster in meinem Zimmer allein, damit ich mich in Ruhe anziehen und Angst haben kann, dann bringen sie mich zu meiner Zelle. Ich frage mich, wer sie unter ihrer Verkleidung wirklich sind. Manche sind sanft, selbst wenn sie mir eine Spritze geben, andere haben stechende Blicke, die schmerzhafter sind als jede Nadel.

»Das ist Ihr neues Nest, Herr Cloudman. Hier kann Ihnen kein Keim was anhaben«, sagt Pauline und stößt die Tür zu meiner Isolationskammer auf.

Ich lächle traurig. Die Vogelfrau hat das Zimmer liebevoll für mich hergerichtet, überall liegen Federn herum. Mein Bett verschwindet unter einer Plastikplane, ich komme mir vor wie ein Truthahn in Frischhaltefolie.

Die Zeit vergeht immer langsamer, das Lachen der Roten Bete hallt in meinem Kopf wider. Jede Bewegung löst Plastikknistern aus. Mein Glück existiert nur noch in der Erinnerung, es galoppiert über eine neblige Ebene davon. Ich konzentriere mich auf den verrückten Gedanken, Vater zu werden. Er blitzt auf, explodiert wie ein Feuerwerkskörper und ist genauso schnell wieder fort. Vater. Wer will schon einen plastikverpackten Truthahn als Vater? Sollte ich den gierigen Krallen der Roten Bete entkommen, wäre ich kein richtiger Mensch mehr, sondern ein Vogel, der sich in einer Zellophanwüste verirrt hat. Und falls das Kind nach meinem Tod zur Welt kommt, müsste Endorphina ihm künstliche Erinnerungen an mich einpflanzen. Im Grunde müsste sie welche erfinden, schließlich hat sie selbst fast keine. Und selbst wenn ich die Geburt meines Kindes miterlebe, was dann? Was könnte ich ihm schon groß beibringen? Wie man am besten fällt? Am originellsten scheitert? Am spektakulärsten versagt?

Wie man zum Tier wird? Zum Gespenst?

Unter dem plastikverschweißten Fernseher leuchtet die Digitalanzeige, es ist 21.30 Uhr. Jenseits meiner Zelle taucht der Sonnenuntergang die Welt in goldgelbes Licht. Ich habe fast den ganzen Tag verschlafen. Neben meinem Nachttisch steht ein Karton, der mir bekannt vorkommt. Wahrscheinlich meine Belohnung dafür, dass ich Madame Sérault alias Janis Joplin das Schienbein zertrümmert habe. Neugierig öffne ich den Karton. Wieder ist er randvoll mit roten Federn gefüllt. Ich tauche die Hand hinein und ziehe einen Fotoapparat heraus, einer von der Sorte, die man nur mit großer Ehrfurcht in die Hand nimmt. Ein japanisches Tamagotchi im Retrostil. Ich öffne den beiliegenden roten Briefumschlag.

Lieber Tom,

Du fühlst dich bestimmt verraten. Ich sage dir, du sollst singen, und man sperrt dich in einen Plastikkäfig. Aber nach dem Vorfall gestern haben meine Kollegen darauf gedrängt, dich in ein anderes Krankenhaus zu verlegen. Ich musste dich isolieren, um dich überhaupt hierbehalten zu können. Immer-

hin hat das Ganze auch einen Vorteil: Auf der Isolierstation bis du vor Keimen geschützt. Das ist gut, denn eine Ansteckung könnte dich weiter schwächen, sodass du die Metamorphose vielleicht nicht überleben würdest.
Bitte nimm es mir nicht übel, dass ich dir meine doppelte Identität verschwiegen habe. Es schien mir nötig, damit du mich als Ärztin weiterhin ernst nimmst. Du hast alles durcheinandergebracht, als du deine Pyjamahose in meinem Nest vergessen hast. Aber keine Sorge, weder deine Ärztin noch deine Geliebte werden dich im Stich lassen.
Ich habe hart dafür gearbeitet, Onkologin zu werden. Als Kind habe ich eine Tante an den Krebs verloren. Seitdem bekämpfe ich die Krankheit. Dazu ist mir jedes Mittel recht, aber mein sehr großer Großvater nahm mir das Versprechen ab, die Metamorphose niemals an einen Patienten weiterzugeben, um ihm das Leben zu retten – außer aus wahrer Liebe. »Du musst vorsichtig sein«, bläute er mir ein. »Wenn du einem Mann, der dich nicht wirklich liebt oder den du nicht wirklich liebst, dieses Geschenk machst, wird er sich gegen dich wenden, gegen uns alle. Wenn du eine falsche Entscheidung triffst, erschaffst du ein Monster.«
Ich kenne dich schon viel länger, als du glaubst. Vor einigen Monaten war ich bei einer deiner Vorführungen, in einem Dorf ganz hier in der Nähe. Du bist an der Fassade einer Bäckerei hochgeklettert, um vom Dach zu »fliegen«. Das hat meine Neugier geweckt! Zuerst ging alles gut, aber dann öffnete ein Hausbewohner seine Fensterläden. Die Leute dachten, der Sturz würde zur Show gehören, und applaudierten. Niemand bemerkte, dass du ohnmächtig geworden warst. Ich leistete Erste Hilfe, verschwand aber, als die Sanitäter eintra-

fen. In derselben Nacht setzte ich die Kanarienvögel in deinen rollenden Sarg.
Wenig später wurdest du ins Krankenhaus eingeliefert und kamst auf meine Station. Auch ohne dein Kostüm erkannte ich dich sofort. Ich beobachtete dich so oft wie möglich. Ich habe gesehen, wie du nachts die Federn aus den Kopfkissen gestohlen hast und mit deinen selbst gebastelten Flügeln durch die Flure geschlichen bist. Ich verstand nur zu gut, dass du fliehen und jemand anders sein wolltest! Mein Wunsch, dir zu helfen, wurde immer stärker. Jede Nacht, nachdem du auf dein Zimmer zurückgekehrt warst, füllte ich die geplünderten Kopfkissenbezüge auf, damit du deine Beutezüge fortsetzen konntest. Eines Tages legte ich dir zwei mit roten Federn gefüllte Kopfkissen hin, und etwas später ließ ich dir das Flügelgestell bringen. Dann warf ich die Federn vom Dach, um dich zu mir zu locken.
Die Männer hatten schon immer Angst vor mir. Kein Wunder, eine Vogelfrau mit unerfülltem Kinderwunsch. Ich wollte dich verführen, ohne dass mein Urteil als Ärztin darunter leidet. Tagsüber unterdrückte ich meine Gefühle und ließ ihnen nachts dafür umso freieren Lauf. Tom, ich möchte dein Traum und deine Wirklichkeit sein, ich will dir das Leben retten, und ich will, dass du der Vater meines Kindes wirst. Vertrau mir, vertrau uns, und vertrau dir selbst. Gemeinsam können wir es schaffen.

Sicher hast du bereits die Kamera im Karton gefunden. Mein sehr großer Großvater hat sie erfunden. Es ist keine gewöhnliche Kamera, es ist ein Dreamoskop. Damit kann man Träume und Gespenster fotografieren, aber noch wichtiger ist, dass es Hoffnung macht, und Hoffnung ist das beste Heilmittel.

Zu seinen Lebzeiten hielten alle meinen sehr großen Großvater für einen Hexer oder Verrückten – und das war er auch. Er wohnte in einem Haus aus Büchern im tiefsten Schottland und bastelte den lieben langen Tag an seinen Erfindungen herum. Nachdem er ein Heulofon gebaut hatte – ein Gerät, mit dem man die Klagelaute von Gespenstern aufnehmen kann –, verfiel er auf die Idee, die Gespenster zu fotografieren. Nach jahrelangem Herumexperimentieren entwickelte er einen Ektaplasma-Film, der das Licht aus dem Jenseits einfangen kann. Indem du deine Geister fotografierst, verjagst du sie – und im Krankenhaus treiben Heerscharen von Gespenstern ihr Unwesen.

Das Dreamoskop ist ein im wahrsten Sinne des Wortes fantastischer Apparat. Es beschleunigt die Metamorphose. Die Erfindungen meines sehr großen Großvaters mögen auf den ersten Blick merkwürdig erscheinen, aber das Dreamoskop hat mir in der Pubertät sehr geholfen, als ich mich in ein Ei zurückzog und später als Vogelfrau schlüpfte.

Irgendwann entdeckte mein sehr großer Großvater eine weitere Eigenschaft des Ektaplasma-Films. Er hatte sich angewöhnt, seine schlafende Geliebte zu fotografieren, weil er von ihrem entspannten Gesicht fasziniert war. Eines Abends verwendete er versehentlich einen Ektaplasma-Film. Als er den Film entwickelte, war seine Überraschung groß: Auf den Fotos waren Träume abgebildet wie magische Tätowierungen. Als mein sehr großer Großvater seine Geliebte fotografierte, verewigte er auch ihre Träume. Es stellte sich heraus, dass der Ektaplasma-Film die Bilder unserer Träume ein-

fängt. Auf diese Weise habe ich auch das Foto von dem Vogelmann aufgenommen. Ich musste nur dein Gesicht fotografieren, während du schliefst.
Tom, ich werde alles dafür tun, dich da rauszuholen. Benutze in der Zwischenzeit so oft wie möglich das Dreamoskop. Es verleiht deinem Geist Flügel.
Träum was Schönes. Vielleicht lasse ich dich bald meine Träume fotografieren.

Deine Endorphina

Durch die Ritze unter der Tür dringt fahles Neonlicht. Der Morgen ist auf dem Vormarsch. Ich habe kaum geschlafen, weil ich die ganze Nacht auf Gespensterjagd war, bewaffnet mit Endorphinas Fotoapparat. Nur die Rote Bete habe ich nicht aufs Bild bekommen. Sie zeigt sich zwar dem Computertomografen, aber die Krankheit ist viel zu real, um sich von einem Dreamoskop einfangen zu lassen. Sie attackiert mich so heftig, dass ich unwillkürlich nach dem Infusionsschlauch taste. Ich habe Angst. Selbst die Aussicht darauf, Vater zu werden, hilft mir nicht mehr. Noch nie hat mich die Rote Bete derart in die Enge getrieben. Sie bohrt mir Löcher in den Bauch. Der Schmerz ist unerträglich, ich wage nicht, mich zu rühren, und warte zitternd, dass er vergeht. Meine Lider sind schwere Samtvorhänge, ich habe kaum noch die Kraft, sie aufzuziehen.

Plötzlich kitzelt mich etwas zwischen den Schulterblättern. Erst denke ich, ich hätte vergessen, meine Flügel auszuziehen, aber sie hängen ordentlich auf ihrem Bügel. Sind das etwa echte Federn? Verwandle ich mich in ein Küken? Ich streiche mir über die Unterarme, eine Welle der Euphorie erfasst mich.

Eine in Frischhaltefolie eingewickelte Pauline betritt das Zimmer. Ich verkrieche mich unter der Decke. Hinter ihr kommt meine Ärztin durch die Tür, sie studiert meine Untersuchungsergebnisse und fragt, wie es mir geht. Der elastische Plastikanzug, der jeden Hautkontakt verhindert, steht ihr hervorragend. Als sie ans Bett tritt, komme ich aus meinem Versteck hervor. Ihre Finger schieben meinen Schlafanzugärmel hoch, um den Blutdruck zu messen. Sie blinzelt rasch und atmet schneller. Sie hat den Beginn meiner Verwandlung bemerkt. Als sie verkündet, mein Zustand habe sich deutlich gebessert, spricht nicht die Ärztin aus ihr, sondern Endorphina. Pauline macht ein überraschtes Gesicht und schielt auf das Krankenblatt. Die als Ärztin verkleidete Vogelfrau zieht ihre Fingernägel über den Flaum auf meinem Unterarm.

»Die … Behandlung ist sehr erfolgreich, Herr Cloudman. Vielleicht werden Sie ein paar Nebenwirkungen spüren, aber die Alchemie, äh, die Chemotherapie hat angeschlagen.«

Im Hinausgehen fügt sie hinzu:

»Ich freue mich sehr, dass es Ihnen besser geht.«

Pauline sieht ihr nach, als wäre sie eine Außerirdische.

Den ganzen Tag zieht mich die Kamera auf dem Nachttisch magisch an. Ich bin gespannt, was auf den Fotos zu sehen sein wird. Starr wie ein Raubvogel fixiere ich die Tür und warte darauf, dass meine Ärztin sich blicken lässt. Sobald sie sich hinter dem runden Fester in meiner Zimmertür zeigt, fotografiere ich sie. Durch das Bullauge sehe ich nur ihren Kopf und ihre Brust. Am liebsten würde ich an ihr herumpicken und mich dann in ihre Arme schmiegen. Zwei- bis dreimal am Tag schaut sie durch mein Fenster, je nachdem, um wie viele andere Kranke sie sich kümmern muss. Es sieht aus, als trüge sie Rollschuhe. Wie schön wäre es doch, wenn sich im Krankenhaus alle auf Rollschuhen fortbewegen würden! Die Flure wären unsere Rollschuhbahn, und es gäbe wunderschöne Karambolagen. Am Abend würden wir ein Tanzturnier für Rollatoren veranstalten. Die Krankenschwestern würden ein Rollschuhballett aufführen, und alle Patienten wären trunken vor Glück. Ich würde Rollen unter das Krankenhausgebäude schrauben und ein Segel hissen, damit es beim ersten Windstoß davonrollt. Wir würden es lenken wie ein riesiges Skateboard: Wir müssten uns nur alle im Südflügel zusammendrängen, und schon würde das Schiff in See stechen. Die Bäume würden sich zur Seite neigen, um uns durchzulassen. Kurs auf den Ozean! Statt immer nur im Park spazieren zu gehen, würden wir auf dem Strand tanzen.

Die Rote Bete schlägt mir wieder ihre Krallen in den Bauch. Der Schmerz überkommt mich häufig dann, wenn meine Gedanken auf Wanderschaft gehen. Er zerrt mich in die Wirklichkeit zurück und sperrt mich in ihr ein. Als Gegenmittel bleibt mir nur die Hoffnung. Der Kükenflaum auf meiner Haut scheint zu verheißen, dass eine Verwandlung möglich ist. Pauline bemüht sich krampfhaft, mich nicht anzustarren und so zu tun, als wäre alles wie immer.

Die Sonne ist untergegangen, jenseits der Mauern ballt sich die Nacht zusammen. Neue Kraft durchströmt mich. Ich spüre, wie der Vogel von mir Besitz ergreift. Er verkabelt mein Großhirn mit dem Herzen. Ich verliere die Kontrolle, gebe sie fast freiwillig ab. Ein überwältigendes Gefühl! Ich will loslaufen, bis ich abhebe. Ohne es zu bemerken, beginne ich zu pfeifen. Paulines breiter Po kommt mir plötzlich verlockend wie ein Brownie vor. Dabei mag ich Brownies nicht besonders. Ich hämmere auf den Knopf, der mich mit den Krankenschwestern verbindet. Pauline taucht auf und fragt mich übertrieben freundlich nach meinem Anliegen. Ich pfeife mittlerweile wie ein Kessel, die Töne werden immer höher. Pauline hält sich die Ohren zu, ich springe ihr auf den Arm. Sie wehrt sich, ich stoße den Tropfständer um. Sie schreit, ich trällere aus voller Kehle, übertöne ihr Kreischen, werfe sie aufs Bett und drücke ihr einen Kuss auf den Mund. Anscheinend komme ich wieder zu Kräften, denn Pauline wiegt gut und gern doppelt so viel wie ich. Ihre großen Brüste wärmen meinen Oberkörper wie eine Elektroheizung. In ihrem Blick liegt verblüffte Empörung. Ich hüpfe aus meiner Zelle, laufe los, hebe ab, falle der Länge nach hin, entpuppe mich als unfertiger Vogel.

Mit dem Dreamoskop um den Hals platze ich in den Aufenthaltsraum der Krankenschwestern und schlage mit den Flügeln. Allgemeines Zusammenzucken. Um sie von meiner Harmlosigkeit zu überzeugen, stimme ich *Blue Moon* von Elvis an. Eine Krankenschwester kennt das Lied und summt mit. Die anderen gucken verschreckt. Nachdem ich sie fotografiert habe, schwirre ich von einer zur anderen und verteile Küsse. An Alte aus Pappmaché, kleine Dicke mit großen Brillen, Halbhübsche mit Haarknoten, ich kann gar nicht mehr aufhören. Manche kreischen, andere lachen, eine ruft den Sicherheitsdienst. Eine Horde Rugbyspieler im blauen Kittel bricht durch die Tür. Ich springe auf den Schreibtisch, rutsche auf einem aufgeschlagenen Ordner aus, will mich an der Glühbirne, die von der Decke hängt, festhalten, verbrenne mir die Finger, reiße den Draht herunter und falle zum zweiten Mal der Länge nach hin. Die Rugbyspieler im blauen Kittel tragen mich im Triumphmarsch zu meiner Zelle und fesseln mich ans Bett. Ich frage, ob ich sie fotografieren darf. Sie nehmen eine Pose ein, eine Viertelsekunde lang bleibt die Zeit stehen, im Hinausgehen winken sie freundlich. Ich röchele die letzten Noten von *Blue Moon*.

Heute Morgen habe ich auf meine Flügel gekotzt. Wie früher nach meinen Auftritten ist die Rückkehr in die Realität ein Schock. Adrenalin überflutete das Gehirn und betäubte den Schmerz, aber wenn der Rausch vorbei war, blühten die blauen Flecken. Mein gestriges Verhalten ist mir sehr peinlich. Man misst meinen Blutdruck, gibt mir Spritzen, füttert mich, während ich mich schäme. Niemand erwähnt meine Kussattacke. Ich danke ihnen stumm.

Die Rote Bete ist auf dem Vormarsch, sie schickt Kampfhubschrauber in meinen Magen. Ich bin kurz davor, die Silikonsuppe, die man mir vorsetzt, wieder auszuspucken. Immerhin kann die Rote Bete nicht verhindern, dass meine Federn immer länger, dichter und seidiger werden. Pauline kann mir nicht mehr in die Augen sehen. Die anderen Krankenschwestern auch nicht. Mein sprießender Flaum bereitet ihnen Unbehagen. Endorphina hat gesagt, ich solle mich regelmäßig fotografieren, damit ich den Fortschritt der Verwandlung verfolgen kann. Wenn ich zu schwach dafür bin, streiche ich nur mit den Fingerspitzen über meine Schwingen und schlafe selig ein.

»Happy birds day to you … Happy birds day to you, Mister Cloudman …« Träume ich? Oder zeichnet das Dreamoskop auch die Tonspur von Träumen auf?

Die Tür geht auf, auf der Klinke liegt eine behandschuhte Hand. Endorphina tritt ein. Sie sieht aus wie eine Serienkillerin, die sich anschickt, den Abwasch zu machen. Ihr Körper kommt meinem näher, sie legt mir plastikverpackte Flügel um den Hals. Skianzugknistern. Die Vogelfrau zieht ein längliches Stück Stoff aus ihrem Dekolleté. Es ist meine Schlafanzughose.

»Wenn du dich als Riesenkondom verkleidest, wirst du bestimmt nicht schwanger«, scherze ich, um den Engel zu verscheuchen, der durchs Zimmer geht.

»Wart's ab. Die erste Runde haben wir hinter uns. Vielleicht war es ja ein Treffer. Bei einem Filmdreh ist der erste Take auch oft der beste. Wie geht es dir heute?«

»Ich spüre einen Drang in mir, der immer stärker wird. Gestern konnte ich ihn nicht mehr kontrollieren und habe alle Krankenschwestern auf der Station abgeküsst.«

»Das sind die Nebenwirkungen. Du musst lernen, deine animalischen Triebe in geordnete Bahnen zu lenken, ohne sie zu unterdrücken.«

»Leichter gesagt als getan …«

»Konzentrier dich. Es ist wichtig, dass du nicht auf Abwege gerätst. Hör zu, ich erzähle dir eine Geschichte: Der Legende nach verwandelten sich Charlie Chaplin und Adolf Hitler nach Einbruch der Dunkelheit in Löwen. Die Energie des einen war schöpferisch, die des anderen zerstörerisch. Aber in ihrer Tiergestalt waren sie nicht voneinander unterscheidbar.«

»Und was hat das mit mir zu tun?«

»Du entscheidest, wer du bist.«

»Kannst du die Frischhaltefolie nicht ausziehen? Nur für ein paar Minuten?«

»Doch, das kann ich, aber du darfst mich nicht anfassen. Die Ansteckungsgefahr ist zu groß.«

Ich nicke, um ihr zu bedeuten, dass ich einverstanden bin.

»Versprochen?«

»Versprochen!«

Endorphina entblättert sich. Bonbonpapierrascheln. Im Dunkeln schimmert ihr Gefieder bläulich. »*Happy birds day to you* …«, gurrt sie wieder. Ich kralle meine Finger in die Matratze, um mich nicht auf sie zu stürzen. Mein Flaum lädt sich elektrostatisch auf. Ich nehme das Dreamoskop vom Nachttisch und schieße Fotos von ihrem nackten Körper. Endorphina lässt sich auf das Spiel ein und fliegt eine Runde durchs Zimmer, klammert sich an der Decke fest, flattert über meinen Kopf hinweg und landet schließlich elegant am Fußende des Bettes. Der Film ist voll, meine Karussellfahrt zu Ende. Endorphina zieht wieder ihren Plastikanzug an und schmiegt sich knisternd an meinen Rücken.

»Ich muss jetzt gehen. Ich kann nicht bleiben, bis ich mich zurückverwandle, ich habe nichts zum Anziehen dabei.«

»Warte. Du musst mir einen Gefallen tun. Könntest du nachsehen, ob Victor im Flur auf mich wartet? Wir wollten uns dort nach Einbruch der Dunkelheit treffen, aber ich komme hier nicht raus.«

»Ich habe ihn gestern besucht und ihm erklärt, dass du an deinen Superkräften arbeitest und bald wieder da bist.«

Endorphina umarmt mich. Abermals Plastikknistern. Eine

fast beruhigende Stille tritt ein, nur durchbrochen von den Todesverzögerungsmaschinen. Meine gefiederte und ihre plastikverpackte Hand finden zueinander.

In den letzten Wochen haben die Rote Bete und die Metamorphose sich einen regelrechten Wettlauf geliefert. Mein Drang zu fliegen ist mittlerweile so übermächtig, dass ich manchmal mit dem Krankenhaus auf dem Rücken abheben könnte. Aber schon im nächsten Moment fühlt es sich an, als würde mir das ganze Gebäude auf die Wirbelsäule krachen. Die Rote Bete nutzt die Gelegenheit und gießt mir Beton zwischen die Knochen. Um ihr ein Schnippchen zu schlagen, zwitschere ich, bis mir der Kopf schwirrt und meine Arme zu Flügeln werden. Ich richte mich auf, stehe schwankend auf dem Bett und träume davon, zum Badezimmer zu fliegen, ohne den Boden zu berühren. Meine Flugversuche enden meist direkt vor dem Bett, und im Fallen reiße ich den Infusionsschlauch herunter wie eine Girlande. Gestern bin ich auf dem Linoleum eingeschlafen. Daraufhin hat Pauline gedroht, mich am Bett festzubinden. Ich bin brav wieder unter die Decke gekrochen, um sie zu besänftigen. Später habe ich dann gehört, wie sie sich auf dem Flur mit meiner Ärztin unterhalten hat. Frau Doktor besteht darauf, dass man mich schlafen lässt. Ich kann mich nicht erinnern, wann ich zum letzten Mal geweckt wurde.

»Hallo, Herr Cloudman. Hier ist jemand, der Sie sehen will.«

Es ist Victor mit seinem Rosenkranz aus Plastikschläuchen und den zu großen, wolkenverhangenen Augen. Ich strecke die Brust raus, breite die Arme aus und schicke mich an zu fliegen, werde aber von einem Hustenanfall geschüttelt. Statt abzuheben, breche ich auf dem Bett zusammen.

Pauline versucht sich an einem aufmunternden Lächeln. Die widersprüchlichen, wimpernumrahmten Gefühle in ihren Augen geben mir die Kraft, mich aufzusetzen. Victor wagt nicht, an mein Bett zu treten. Sein Blick ist leer, er scheint mich nicht wiederzuerkennen.

»Na los, Victor, nicht so schüchtern. Gib ihm dein Bild!«

Das Mondkind gehorcht stumm, mit gesenktem Kopf. Mechanisch streckt er mir ein Blatt Papier entgegen. Er macht ein Gesicht, als wäre der Besuch bei mir eine Strafe für ungezogenes Verhalten. Sein Bild zeigt ein großes gelbes Küken, zu dessen Füßen ein kleineres Küken hockt. Ich bedanke mich bei Victor, während Pauline das Bild über mein Bett hängt. Wieder tritt Schweigen ein.

»Was ist denn, Victor? Hast du die Sprache verloren? Du wolltest den Wolkenmann doch unbedingt sehen«, sagt Pauline und geht vor ihm in die Knie. Freundlich legt sie ihm die Hände auf die schmalen Schultern.

»Soll ich euch zwei vielleicht ein bisschen alleine lassen?«

Victor schüttelt den Kopf und starrt auf seine Schuhe. Ich komme mir vor wie ein todkranker Urgroßvater, den man besuchen muss, obwohl man sich vor ihm fürchtet.

Pauline wirft mir einen kurzen Blick zu, dann nimmt sie Victor an die Hand und geht mit ihm aus dem Zimmer. Die Tür schlägt zu. Aus meinem zerknitterten Schlafanzug kriecht ein Rest Stolz. Ich richte mich auf wie ein kaputter Regenschirm.

Wenn ich noch länger im Bett bleibe, werde ich mit dem Laken verschmelzen und mich statt in einen Vogel in ein Gespenst verwandeln. Also stehe ich auf und wanke ins Badezimmer, mein größtes Abenteuer an diesem Tag. Mit Mühe und Not erreiche ich das Waschbecken und ziehe mich daran hoch, damit ich in den Spiegel sehen kann. Dünne rote Federn bedecken meine Haut. Jemand hat Löcher in meine Wangen gegraben und meine Augen darin beerdigt. Ich erschrecke vor mir selbst. Ich lache-weine-schreie. Das kann nicht wahr sein! Der Spiegel muss manipuliert sein. Wie das Dreamoskop scheint er meine geheimsten Wünsche zu zeigen. Mein Spiegelbild sieht jedenfalls dem Foto von meinem Traum verblüffend ähnlich. In meinem Kopf regnet es. Ich bin in der Pubertät, bald werde ich als Vogel aus dem Ei schlüpfen. Ich kneife die Augen zusammen, erkenne unter den Federn meine Gesichtszüge wieder. Hoffnung blitzt auf, daran kann ich mich festhalten. Ich will mir gut zureden, aber meine Stimmbänder reagieren in letzter Zeit immer gereizter auf Sprechversuche. Sie pfeifen, krächzen, zirpen. Das Badezimmer dient mir als Übungsraum, die Töne hallen von den Wänden wider. Ich blicke abermals in den Spiegel. Spieglein, Spieglein an der Wand … Ich weiß, dass ich nicht der Schönste im ganzen Land bin, aber ich habe Angst davor, mir selbst fremd zu werden. Verwandle ich mich wirklich in einen Vogel, oder drehe ich einfach nur durch? Ich fotografiere mich, um den Moment festzuhalten. Vielleicht auch, um mich zu beruhigen. Endorphina hat mir das Dreamoskop gegeben, weil es die Metamorphose beschleunigt, aber ich dokumentiere damit auch, wie die Zeit verstreicht. Ich muss mich erst an den Gedanken gewöhnen, dass ich tatsächlich eine Verwandlung durchmache. Es wird etwas dauern, bis ich Gefallen daran finde. Als es nur in meiner Fantasie geschah, war alles viel einfacher! Mein wahres Ich kommt zum Vorschein, und das macht mir Angst.

Ich schleppe meinen federleichten Körper zurück zum Bett, lege ihn ab und hoffe, dass mein Herz bald aufhört, Schlagzeug zu spielen.

Ein ganzes Bataillon halb verärgerter, halb besorgter Krankenschwestern kommt anmarschiert. Pauline betritt das Zimmer als Erste. Sie mustert mich und sieht dann weg. Ihre Kittelschwestern machen ein Gesicht, als wäre ich eine Totgeburt. Eine stößt einen überraschten Schrei aus, eine andere hört gleich ganz zu atmen auf. Sie versuchen krampfhaft, mich nicht anzustarren, aber ihre Blicke durchbohren mich. Ich kann nicht mehr aufhören zu zittern. Pauline tritt an mein Bett und gibt mir eine Spritze. Mittlerweile bedeckt dichter Flaum meine Haut, aber der Stich schmerzt unverändert. Die Rote Bete sitzt auf dem ausgeschalteten Fernseher und beobachtet meine Zuckungen. Die Krankenschwestern marschieren im Gleichschritt aus dem Zimmer.

Miss Morphina bügelt meine Nerven, die Wirkung lässt nicht lange auf sich warten. Meine Knochen sind weich wie Gummi, ich schwebe über dem Bett.

»Würdest du auch vom Fliegen träumen, wenn du in der Schwerelosigkeit leben würdest?«

»Wer spricht da?«

»Ich bin der Berg, den du bezwingen musst, und der Geisterwald, den du durchqueren musst«, sagt die Rote Bete, die es sich wieder auf dem Fernseher bequem gemacht hat.

Mit den großen Schlitzaugen, der platten Nase und dem breiten Mund ähnelt sie Jabba aus *Star Wars*. Mit dumpfer Stimme grollt sie:

»Wirfst du beim Kegeln gern alle neune? Genießt du die Macht, wenn alles in die Luft fliegt? Ich fliege schneller, höher und weiter als deine albernen Piepmätze. Und weißt du auch, warum? Weil ich mich nicht von Gefühlen aufhalten lasse. Ich liebe nicht, ich hasse nicht, bin weder eigennützig noch rachsüchtig. Ihr Menschen seid für mich nichts als Kegel, die ich nach Belieben aus der Bahn räumen kann. Und soll ich dir mal was verraten? Es ist das aufregendste Spiel, das es gibt.«

»Du hast mir gar nichts zu sagen!«

»Von wegen. Ich hause schon eine ganze Weile in deinem Bauch. Du wolltest, dass ich komme. Mit deinen lächerlichen Stunts hast du deinen Körper ruiniert. Ich mag Leute wie dich, die vom Leben schon vorgekaut sind. Euch kann man einfach so vor dem Fernseher vernaschen. Ich musste nur warten, bis du reif warst und dich dann pflücken. Du hast immer nur auf dein Herz gehört, und irgendwann warst du mit den Nerven am Ende. Die innere Anspannung, die du früher vielleicht noch in Kraft verwandeln konntest, richtet sich jetzt gegen dich. Sie hat den metallischen Geruch von Blut, das sich nach einer Haiattacke mit dem Meerwasser vermischt.«

Die Rote Bete kommt näher und fährt mir mit dreckverkrusteten Fingernägeln durchs Haar.

»Du hast jetzt genau die richtige Konsistenz: *al dente*.«

»Ich habe einen Fluchtplan. Mich kriegst du nicht.«

»Ach ja? Ich bin gespannt auf deinen letzten Auftritt. Woran willst du diesmal scheitern? Wenn mir danach ist, könnte ich dir jederzeit den Magen zerfetzen.«

Dann leiert sie mit gruseliger Kinderstimme:

»Deine Lungen füllen sich mit Blut, du erstickst in Morphinas Armen, und ich muss keinen Finger rühren.«

Im nächsten Moment wieder das dumpfe Grollen:

»Denkst du wirklich, dein Turteltäubchen kann dich retten? Du tust mir leid. Die Ärzte wissen gar nichts. Daher versuchen sie dir einzureden, du müsstest nur fest daran glauben, dass du mich besiegen kannst. Psychosomatik, so ein Unsinn! Und wenn ich meine Opfer aus Faulheit oder Langeweile entkommen lasse, nennen sie das ein Wunder.«

Hallo, Tom! Wie geht es dir heute?«, fragt meine Ärztin mit einem Lächeln.

»Ist … ist sie weg?«

»Wer?«

»Die Rote Bete.«

»Ich sehe weit und breit keine Rote Bete und auch sonst kein Gemüse.«

»Sie saß gerade noch auf dem Fernseher.«

»Das müssen die Nebenwirkungen des Morphiums sein. Hab keine Angst, sie lassen bald nach.«

»Genau das macht mir ja Angst.«

»Die Zeit der Angst ist vorbei, Tom. Wenn du willst, kannst du heute Nacht zum ersten Mal im Himmel baden. Halte dich um Mitternacht bereit.«

»Wirklich? Bin ich denn schon so weit?«

»Ja, ich glaube, es ist der richtige Zeitpunkt für deine Himmelstaufe.«

Sie tritt an mein Bett, wirft einen raschen Blick zur Tür und küsst mich auf die trockenen Lippen. Vertrautes Bonbonpapierknistern und wieder das Verbot, den Inhalt zu vernaschen.

»Wenn ich dich küsse, kommt es mir vor, als würde ich die Vogelfrau betrügen.«

»Ich werde zwar schnell eifersüchtig, aber doch nicht auf mich selbst. Soll ich die Fotos entwickeln?«, fragt sie, als sie die Filme auf meinem Nachttisch sieht.

»Ich fürchte mich ein wenig vor dem, was darauf zu sehen sein wird.«

»Umso besser, dann ist die Überraschung größer. Ich kenne kein geeigneteres Mittel, deine Gedanken auf Trab zu bringen und die Verwandlung voranzutreiben.«

»Würde ein wenig Hautkontakt nicht die gleiche Wirkung haben? Ich will dich spüren.«

Die als Ärztin verkleidete Vogelfrau geht zur Tür, schließt ab und schaltet das Leuchtschild »Kein Zutritt – Behandlung« an. Als ihre plastikverschweißten Finger mir wie ein Gewitterwind über die Haut fahren, plustern sich meine Federn auf. Zum ersten Mal kommen wir uns am helllichten Tag so nah. Sie befiehlt mir, die Augen zu schließen. Ich lasse eins halb offen. Endorphina nimmt meine Kissen und schüttelt sie. Es schneit Federn auf meinen Kopf und in meinem Innern. Sie nimmt ein paar Federn und legt sie sich auf Hände und Gesicht.

»Mach die Augen zu, Tom Cloudman«, flüstert sie. Ich gehorche und stelle mir die Vogelfrau vor. Ich bin wieder in ihrem Nest. Ihre Finger ergreifen mich und versetzen mich sanft in Aufruhr. Meine Finger ertasten ihren Körper, sie führt meine Hände zu den Stellen, die sie gerade eben mit Federn bedeckt hat. Das Placebo wirkt gut. Ich möchte ihr eine flammende Liebeserklärung machen. Wie früher bei meinen Stunts wage ich den Sprung ins Nichts.

»Ich würde dir gern meinen Samen schenken …«

»Was?!«

»Du könntest ihn aufbewahren, für alle Fälle … Wenn es neulich auf dem Dach geklappt hat, habt ihr etwas, womit ihr die Familie vergrößern könnt.«

»Du willst, dass ich dein Sperma einlagere?«

»Ja, wie einen guten Wein. In einer Flasche, auf der der Jahrgang steht.«

»Und das Etikett erzählt von deinem Leben als schlechtester Stuntman aller Zeiten? Und ein Gütesiegel garantiert, dass es sich tatsächlich um deinen Samen handelt?«

»Genau. Dann bin ich fast unsterblich.«

Tom Cloudman ist in meinen Armen eingeschlafen. Die Metamorphose schreitet voran. Sein Gefieder wird immer dichter, das Rot kräftiger. Allerdings ist sein Vogelkörper noch weit davon entfernt, aus dem Ei zu schlüpfen. Das Problem ist, dass sein Menschenkörper kurz vor dem Kollaps steht. Soll ich auf seine Wandlungsfähigkeit setzen und mich um den Vogel in ihm kümmern oder bis zuletzt um seinen Menschenkörper kämpfen? Die Behandlung ist an einem kritischen Punkt, die Metamorphose kann ihn jederzeit töten. Ich kämpfe Seite an Seite mit der Vogelfrau um sein Leben. Ich spüre sie dicht unter der Schädeldecke. Eine große Verantwortung lastet auf meinen Schultern. Wenn ich alles auf eine Karte setze, Tom in den Himmel schleudere und er den Schock nicht überlebt, werde ich mir ein Leben lang Vorwürfe machen. Aber ich kann nicht mehr zurück, und er auch nicht. Denn wenn er auf der Isolationsstation stirbt, würde ich mir das noch weniger verzeihen.

Als ich aufwache, ist es mitten am Tag. Weicher Flaum kitzelt meine Haut. Man könnte das Krankenhaus mit mir putzen, ich sehe aus wie ein Staubwedel. Ich entferne meine mit Heftpflastern fixierten Flügel, sie sind jetzt überflüssig. Schwerfällig streiche ich mir über den Kopf, er ist fast so weich wie Endorphinas Hände. Plötzlich fährt mir ein stechender Schmerz in die Schulterblätter. Das ist ein gutes Zeichen, hat meine Ärztin gesagt. Die Flügel stehen kurz vor dem Durchbruch.

Victor hat nach mir gefragt. Endorphina hat ihm erklärt, ich hätte mich in ein Ei zurückgezogen und würde bald als Vogel schlüpfen.

»Tut das weh?«, war alles, was Victor wissen wollte.

»Bist du bereit für den großen Tag, Tom Cloudman?«, flüstert jemand mir zu, während ich vor mich hin dämmere.

»Ja.«

»Warte noch einen Moment.«

Wo soll ich auch hin, meine Beine tragen mich nicht mehr. Wenn ich versuche zu laufen, tanze ich eine Sekunde lang einen unfreiwilligen Twist und falle dann wie ein Kartenhaus in mich zusammen.

Zu meiner großen Überraschung kommt Endorphina in Begleitung Paulines wieder. Meine Krankenschwester ist also in die Verschwörung eingeweiht.

»Ich brauchte jemanden, dem ich vertrauen kann. Niemand darf uns sehen«, sagt meine Ärztin. »Pauline hat sich bereit erklärt, Schmiere zu stehen.«

Endorphina reicht mir eine Schere.

»It's time, Mister Cloudman … It's time!«

Ich zerschneide ihr Zombiekostüm aus Plastik und streichle ihre Haut. Unvorstellbares Glück durchströmt mich und gibt mir neue Energie, meine schwachen Beine tragen mich plötzlich wieder. *Happy birds day to me!*

»Sehr gut! Pauline? Ist die Luft rein?«

»Ja, niemand zu sehen«, flüstert Pauline konspirativ.

Meine Ärztin schließt die Tür. Dann zieht sie wie in einem Western einen Flachmann aus dem Dekolleté und hält ihn mir vors Gesicht, damit ich das Etikett lesen kann: »Sperma Supérieur, Tom Cloudmans Auslese, mit Gütesiegel.«

»Das muss bis obenhin gefüllt werden, mein Lieber, zur Sicherung der Nachkommenschaft«, sagt sie und streift den Arztkittel ab.

Sie hat sich schick gemacht, Netzstrümpfe, Fledermauswimpern, tiefrote Lippen, die Tote aufwecken könnten, schwindelerregende Absätze. Sie will heute Abend offenbar eher fliegen als laufen. Bei jeder Bewegung ihrer Brüste raschelt das Federkorsett. Wenn sie so weitermacht, hebe ich ab, stoße gegen die Decke, sterbe vor Lust.

Ich höre einen Servierwagen über den Flur rollen.

»Kannst du aufstehen? Schaffst du es bis in den Flur?«, fragt meine Vogelfrau.

»Wenn ich den Tropf ausstecke, vielleicht.«

»Heute darfst du ihn ausstecken.«

Ich entferne den Plastikschlauch ganz ohne Hilfe, in meinem Zustand eine stolze Leistung. Als ich meiner Ärztin folgen will, wird mir allerdings schwindelig.

Ich tappe im Schlafanzug aus meiner Zelle. Die Treppe zum Dach kommt mir unglaublich steil vor, aber mit Endorphinas Hilfe überwinde ich Stufe um Stufe. Ihr Arm ist meine Rettung. Endlich stehe ich wieder an der Schwelle zum Himmel.

Victor ist auch da. Er trägt ein Spiderman-Kostüm, aus seinen Ärmeln baumeln Plastikschläuche. Er grinst wie ein Trickfilmmond und schreit begeistert:

»Megatom Cloudman ist zurück!«

Schon ist das Lampenfieber da.

»Darf ich dir deinen Flugassistenten vorstellen?«, sagt Endorphina.

Der Servierwagen ist nicht wiederzuerkennen. Er ist ein rollender Baum, Hunderte von Vögeln sitzen auf seinen metallischen Ästen und schwatzen wie Freundinnen nach dem Kinobesuch.

»Zum Schwungholen«, sagt Endorphina und deutet auf den Wagen. »Wenn Sie bitte Platz nehmen wollen«, fügt sie mit todernster Miene hinzu.

Pauline applaudiert. Meine Krankenschwester scheint ebenfalls eine Metamorphose durchzumachen: Sie versteht plötzlich Spaß.

Ich lege mich auf den zweckentfremdeten Servierwagen, das Lampenfieber läuft über, mein Gehirn zwitschert. Ängstliche Vorfreude. Die Sekunden ziehen sich in die Länge. Mein Gehirn pulst von innen gegen die Schläfen. Ein Erdbeben erschüttert meinen Körper. Auf keinen Fall darf ich ins Zweifeln geraten, dafür ist es jetzt zu spät. Die Stunde der Metamorphose hat geschlagen.

Pauline bindet mir eine Schar Vögel an jede Schulter. Schwimmflügel, um durch die Wolken zu kraulen! Gerade noch habe ich mich so unbesiegbar gefühlt, dass Superman vor Neid erblasst wäre, aber jetzt komme ich mir albern vor:

Ich bin todkrank, begebe mich in Lebensgefahr und mache dabei auch noch eine schlechte Figur.

Die zweihundertfünfzig Kanarienvögel plustern sich auf, der Servierwagen beginnt zu vibrieren, der Himmel zieht meine Fingerspitzen magnetisch an.

»Du lenkst, Tom Cloudman!«, flüstert mir das Mondkind zu.

Endorphina setzt sich ans Vogelklavier. Sie stimmt eine alte Melodie an und beschwört den Geist von Nina Simone herauf, damit er mir beisteht. Ihre Stimme klingt wie eine fröhliche Totenglocke, die rote Armee aus Kanarienvögeln setzt sich in Bewegung. Die Leinen zwischen mir und den Vögeln straffen sich, hundertsechsundzwanzig Flügelpaare, meines mitgerechnet, peitschen Wind über das Krankenhausdach. Die Vögel formieren sich zu zwei Schwärmen. Zweihundertfünfzig Melodien prallen aufeinander. Auch ich beginne zu singen. Endorphina spielt immer schneller. Pauline schiebt den Servierwagen an. Er gewinnt an Fahrt.

»Fang an, mit den Flügeln zu schlagen, aber verkrampfe dich nicht. Sieh immer geradeaus, und denke an deinen sehnlichsten Wunsch«, ruft Endorphina.

Die Vögel zwitschern immer lauter, der Wagen rollt schneller und schneller. Der Himmel kommt näher, die Leinen ziehen an meinem Körper, ich hänge in der Schwebe. Das Mondkind kreischt wie beim Achterbahnfahren.

»Und jetzt gib alles«, befiehlt die Vogelfrau.

Der Federnteppich zieht mit rasender Geschwindigkeit unter mir vorbei, Pauline sind Propeller gewachsen.

Ich bäume mich mit letzter Kraft auf, schließe die Augen und trällere aus voller Kehle.

»Ich muss dir noch was sagen«, ruft Endorphina mir hinterher.

»Beeil dich!«

»Ich bin schwanger.«

Ein Feuerwerk explodiert in meinen Adern. Ich lebe! Ich bin soeben neu geboren worden! Ein Phönix im Pyjama! Ich stoße mich von dem Servierwagen ab. Die Vogelfrau und das Mondkind jubeln, wenn auch ein wenig ängstlich. Unter mir schrumpft das Krankenhaus. Pauline, Endorphina und Victor werden erst zu Playmobil-Männchen, dann zu Playmobil-Fliegen, dann zu kleinen schwarzen Punkten, dann sind sie verschwunden. Ich versetze der Luft kräftige Schläge. Meine Vogelschar ist verstummt, nur noch das Rauschen ihrer Flügel ist zu hören. In mir brennen ambivalente Gefühle. Weinen und Lachen verursachen einen Kurzschluss, ich zittre in Erwartung eines neuen Gefühlssturms.

Ich streife die Spitze einer riesigen Tanne, an der die Sterne befestigt sind. Sie fallen als Silberregen zur Erde und werden zu tausend neuen Lichtern. Pures Glück! Der Wind trägt mich immer höher in den Himmel, die Nacht schmeckt nach Sternschnuppen. Ich spüre, wie ich in einen Rausch gerate. Solange ich noch merke, wie sich mein Zustand verändert, habe ich die Kontrolle, aber ich würde mich gern im Wind verlieren. Statt zu lenken, will ich in Trance fallen, um noch höher aufzusteigen. Und dann wieder in den Kontrollgang zurückschalten, damit ich länger etwas davon habe. Eine große wattige Haufenwolke, die vom Mond angestrahlt wird, hüllt mich ein. Ich fliege mit offenen Augen hindurch. Glück und Kälte treiben mir Tränen in die Augen. Ich bin Regen, und morgen werde ich lernen, Schnee zu sein!

Plötzlich versperrt eine große schwarze Gewitterwolke den Horizont, ein düsterer Koloss. Der Wind steckt sich zwei überdimensionale Finger in den Mund und pfeift gellend. Meine Rettungsvögel bremsen. Die Wolke dehnt sich aus, wächst ins Unermessliche, wälzt sich auf mich zu und saugt mich ein. Ich rase ins Ungewisse, der Wind jammert immer lauter. Ich kann nichts mehr sehen. Das Klagen schwillt an, erhellt von zuckenden Blitzen. Der Wind knebelt mich, ich bringe keinen Ton mehr heraus. Mitten in der Finsternis leuchten einzelne Partikel und bilden eine Lichterkette. Ich will sie mir aus der Nähe ansehen und dem eisigen Gesang aus dem Inneren der Wolke lauschen. Was sind das für Partikel? Sind es Vogelgespenster? Neugeborene Schneeflocken? Ich schlage nicht mehr mit den Armen, ich treibe schwerelos dahin.

Endorphinas Stimme reißt mich aus dem Schwebezustand, die Rettungsvögel ziehen mich ruckartig nach hinten. Die Gewitterwolke verzieht sich, und plötzlich zerrt der Wind wieder heftig an mir. Durch eine dünne Wolkendecke sehe ich die Vogelfrau. Die Rettungsvögel verbinden uns. Endlich lösen sich die letzten Schwaden auf. Endorphinas Nest leuchtet unter meinen Füßen wie ein roter Planet. Ich fürchte, ich habe in den Wolken eine Socke verloren.

Ich habe Tom auf die Isolierstation zurückgebracht und ihn wieder an den Tropf gehängt. Er war völlig erschöpft und krümmte sich auf dem Bett zusammen. Ich habe gewartet, bis er eingeschlafen war, und ihm dann einen Sauerstoffschlauch in die Nase geschoben.

Seine Krankheit ist jetzt im Endstadium, aber die Metamorphose gewinnt immer mehr die Oberhand, sie holt ihn aus seinem kranken Körper heraus. Der Abstecher in den Himmel, so gefährlich er auch war, hat ihm gezeigt, welche Möglichkeiten ihm offenstehen. Seine Ängste und Zweifel verblassen.

Victor hat mir geholfen, das Knäuel aus Vögeln, in dem sich Tom verheddert hatte, zu entwirren. Es fällt dem Jungen schwer zu akzeptieren, dass sein Wolkenmann so schwach ist. Toms körperlicher Verfall verschlimmert seine eigenen Ängste. Ich habe ihm erklärt, dass auch Superhelden verwundbar sind, sie aber immer einen Weg finden, ihre Schwäche zu überwinden. Das macht sie zu Superhelden. Ihn zu beruhigen hilft mir, selbst die Ruhe zu bewahren.

Tom ist am frühen Abend aufgewacht. Seine Federn sind weiter gewachsen, jetzt ist nur noch sein Gesicht nackt. Ich habe ihn bei dem Versuch ertappt, das Federbüschel auf seinem Kopf zu kämmen. Als er aus dem Badezimmer kam, sah er ziemlich zerzaust aus.

Die Untersuchungsergebnisse zeigen, dass sich Toms menschlicher Gesundheitszustand weiter verschlechtert. Mit jedem Tag gerät er mehr außer Kontrolle, er lacht und weint und zwitschert wie ein echter Vogel. Gestern, Heute und Morgen passen für ihn in eine Sekunde. Er spricht kaum noch und schläft fast die ganze Zeit. Manche würden sagen, dass er den Verstand verliert. Ich finde, er wird wieder zum Kind und erhebt sich wie ein Phönix aus der Asche.

Wenn ich ihn zu seinen nächtlichen Ausflügen entführe, bemüht er sich, mir zuzuhören und mir seine Zuneigung zu zeigen, aber sein tierischer Instinkt setzt sich immer öfter durch. Er schmiegt sich gurrend an meine Brust und schläft dort ein. Am auffälligsten ist, wie sehr er schrumpft. Sein Körper wird ihm allmählich zu groß. Auch seine Art, sich zu bewegen, verändert sich. Sein Hals zuckt hin und her, die Schultern fallen nach vorn.

Victor fragt mich immer wieder, ob Tom irgendwann ganz zum Vogel wird. Und ob Tom ihn dann noch erkennt. Und ob er ihn behalten darf. Ich flüstere jedes Mal ein leises Ja. Beruhigen, immer beruhigen.

Aber ich bin nicht beruhigt. Letztlich weiß ich auch nicht, was passiert, wenn ein Mensch sich vollständig verwandelt. Ich bin ein Mischwesen, durch meine Adern fließt immer noch Menschenblut. Jeden Tag, wenn die Sonne aufgeht, werde ich wieder zur Frau. Ich sehe aus wie ein Mensch, denke wie ein Mensch und handle wie ein Mensch. Was wäre aus mir geworden, wenn ich ganz zum Vogel geworden wäre? Würde ich dann noch sprechen und denken können? Mich erinnern? Oder würde ich nur noch Eier legen und mich vor Füchsen fürchten?

Wenn dein Herz durchhält, was geschieht dann mit deinen Erinnerungen, Tom Cloudman? Wirst du morgen noch wissen, wer ich bin?

Ich frage mich, seit wann ich in dieser Zelle eingesperrt bin. Mir kommt es vor, als hätte ich schon immer an den sinnlichen Lippen dieser Ver- und Entkleidungskünstlerin gehangen, deren Bauch sich zusehends rundet.

Vater werden ... Ich wünschte, die Zeit würde langsamer vergehen, damit ich jeden Moment genießen kann. Ich will Endorphinas Bauch wachsen sehen. Ich will nicht mehr den Titel des schlechtesten Stuntmans aller Zeiten tragen, sondern den des besten Papas der Welt.

Die Zukunft rinnt mir durch die gefiederten Finger, aber ich lerne immer neue Selbstverteidigungstechniken. Die Angst vor dem Tod brennt nicht mehr wie Säure in mir, sie pocht nur noch dumpf. Meine länger werdenden Federn trösten mich.

Die Qualität meiner Träume verbessert sich. Wenn der Schlaf naht, konzentriere ich mich auf das, was ich sehen möchte. Ich atme langsamer und versuche, die Gedankenmaschine anzuhalten, die mich zu Boden drückt. Manchmal funktioniert es. Dann erkunde ich die verwunschensten Winkel meines Hirns. In meinen Träumen ziehen Endorphinas

Vögel mein Bett hoch über das Krankenhaus. Aus der Gondel dieses lebenden Heißluftballons blicke ich auf das Gebäude hinab, das unter den Wolken verschwindet. Binnen Sekunden ist es nur noch eine Erinnerung, die ihrerseits verblasst. Mein Bettzeug löst sich auf, die Vögel verschwinden. Endorphinas Bauch hat mich abheben lassen. Ich fliege. Die Vogelfrau gebiert in einem Wolkennest unser Kind.

»Zeit für die Morgenwäsche, Mister McMurphy!« Eine Stimme wie eine Hupe reißt mich aus meiner Ekstase. Ich öffne die Augen. Ich schwebe über dem Bett. Nackt, wie mir scheint. Die Krankenschwester kreischt, als würden die Beatles in meinem Zimmer auftreten. Ich falle auf die Matratze wie ein nasser Sack. Die Tür schlägt zu und das Kittelgespenst ist verschwunden. Früher hat es mir mehr Spaß gemacht, anderen einen Schrecken einzujagen, jetzt finde ich es vor allem demütigend.

Ich schleppe mich zum Badezimmer, der Weg wird von Tag zu Tag länger. Endlich dort angekommen, ziehe ich mich am Waschbecken hoch, das mir mittlerweile riesig erscheint. Ich habe Angst vor meinem Spiegelbild.

Bin ich das? Aus dem Spiegel starrt mir ein umgestülptes Kissen entgegen. Ich blicke durch ein Kaleidoskop und sehe nur noch Federn.

Ich versuche, zurück zu meinem Bett zu gelangen, aber meine Füße bleiben am Linoleum kleben. In meinem Kopf schneit es Fragen. Was wird aus mir, falls ich die Metamorphose überlebe? Werden die Leute mich mit dem gleichen verständnislosen Misstrauen ansehen wie jetzt schon manche Krankenschwestern? Werden sie schreien, wenn ich wie ein Urzeitsaurier an ihnen vorbeifliege? Werden sie mich jagen? Müssen wir unser Kind im Wald aufziehen? Und was ist, wenn mich eine Katze entdeckt?

Es klopft an der Tür. Meine Ärztin tritt ein, zusammen mit einer Frau im blauen Sack und einem Mann mit Mundschutz. Ich kenne die beiden nicht und verkrieche mich unter der Decke. Sie unterhalten sich leise, ich beginne zu zittern. Meine Federn reiben an der Bettwäsche, das Geräusch ist so laut, dass ich nichts mehr höre. Ich versuche verzweifelt, keinen Pieps von mir zu geben. Darüber vergesse ich leider das Atmen. Die Frau sagt, man solle mich in eine Tierklinik verlegen. Endorphina protestiert. Mein Herz trommelt wie ein Duracell-Häschen. Der Mann erwidert, dass sie mich schon längst hätten vor die Tür setzen sollen, spätestens, als ich Madame Sérault das Schienbein zertrümmert habe. Die Frau sagt, sie kenne eine gute Tierklinik, ihr Hund sei immer sehr zufrieden. Meine Ärztin entgegnet, ich sei trotz meines Aussehens immer noch ein Mensch und müsse als solcher behandelt werden. Ich höre Schritte, jemand tritt an mein Bett. Endorphina kann es nicht sein, sie bewegt sich lautlos. Der Mann mit dem Mundschutz zieht mir mit einem Ruck die Decke weg. Obwohl mir nicht kalt ist, kann ich nicht aufhören zu zittern. Mehrere Krankenschwestern drängen sich in der offenen Tür. Der Mann sagt, man wisse nicht, wie sich die Krankheit entwickle, es bestehe die Gefahr, dass ich das Personal anstecke. Die Frau nickt zufrieden wie eine Alte, die ein Sudoku gelöst hat. Die Krankheit sei nicht ansteckend, versichert meine Ärztin. Der Mann erwidert, das könne sie nicht wissen, man dürfe kein Risiko eingehen. Meine Ärztin tritt an mein Bett und zieht die Decke über mich, als wäre ich schon tot. Sie gehen aus dem Zimmer.

Mein Traum droht in einer Tierklinik zu enden, wo ich zwischen angefahrenen Katzen und gelähmten Hunden auf die Todesspritze warten werde. Mein Gehirn ist in Schockstarre, aber dann wechsle ich in den Wutmodus. Ich werde als Gespenst zurückkehren und euch in euren Träumen heimsuchen! Ich werde euch nachts die Decke wegziehen und das Kissen klauen!

So fest ich die Augen auch schließe, der Schlaf verweigert sich mir. Meine Tür quietscht leise. Die wenigen Muskeln, die ich noch habe, krampfen sich vor Schreck zusammen wie eine altersschwache Qualle. Jemand dringt in mein Zimmer ein. Es sind mehrere. Ich wage nicht, die Augen zu öffnen. Schritte knarren auf dem Linoleum. Ich kralle meine Füße in die Matratze. Ich denke an die Tierklinik und daran, was ich in den Nachrichten gehört habe: Es ist neuerdings schwer in Mode, Kranke und Alte wegzusperren. Ich konzentriere mich ganz darauf, meine eingeschlafenen Flügel zu entfalten. Nichts geschieht. Warmer Atem streicht mir über die Federn.

»Tom … Tom …«, flüstert eine Stimme. Ich öffne die Augen und sehe Endorphina, Victor und Pauline am Fußende meines Nests stehen. Die Vogelfrau nimmt mich auf den Arm und redet beruhigend auf mich ein. Victor will mir über den Rücken streichen. Endorphina sagt, dass alles gut wird, sie nimmt mich mit in die Voliere und kümmert sich um mich. Pauline fügt hinzu: »Ich auch.« Als ich Endorphinas Federn spüre, komme ich endlich etwas zur Ruhe. Ihr Planetenbauch gibt mir das Gefühl, an einem sicheren Ort zu sein.

An dem vertrauten Knarzen der Stufen und am schwachen Himmelsduft erkenne ich, dass wir die Treppe hochgehen.

Die Nacht verdunkelt das Weltall wie die blauschwarze Wolke eines gigantischen Tintenfischs. Endorphina setzt mich in meinem Krankennest ab, wie sie es nennt. Ein Krankenbett habe ich jetzt nicht mehr, dafür aber immer noch den Tropf. Die drei Gesichter, die sich über mich beugen, beruhigen mich, ängstigen mich aber auch ein wenig. So muss sich ein Neugeborener fühlen. Pauline wünscht mir mit liebevoller Omastimme eine gute Nacht. Victor schläft auf ihrem Arm ein, und sie geht mit ihm davon. Endorphina legt sich mir gegenüber. Ich fühle mich winzig, sie ist mittlerweile viel zu groß für mich. Sie sagt, bald könne ich ohne Hilfe fliegen und alles werde gut. Sie spricht immer langsamer und leiser, und nach einer Weile sind ihre Atemzüge lauter als ihre Worte. Ich schaue ihr beim Einschlafen zu. Auch mir fallen die Augen zu, aber ich will keine Minute dieses Schauspiels verpassen. Ihr Atem lässt das Federmeer auf und ab wogen, ihre Wimpern zittern wie die Nadel eines Seismografen. Die Gesichtsmuskeln zucken unmerklich, neben dem Mundwinkel entdecke ich ein unwiderstehliches Grübchen. Ich möchte sie küssen, sie mit Haut und Haar auffressen. Stattdessen fotografiere ich sie. Nur der Mond erhellt ihr Gesicht, ich wähle eine lange Belichtungszeit. Draußen recken die Vögel ihre Schnäbel in die Sterne und singen ein getragenes Lied. Ich höre, wie sie sich aufplustern, das Rascheln ihrer Flügel lässt mich erschauern. Bald wird es Tag, und niemand weckt mich.

Der Duft frischer Minze steigt mir in die Nase. Ich stöpsle den Tropf aus und klettere schwerfällig aus meinem Nest.

Meine Füße gleiten über den watteweichen Boden. Nebel filtert die Lichter, ohne sie zu verschlucken. Endorphinas Vögel baden in den Wolken und landen zu meinen Füßen. Am Himmel ziehen unsichtbare Frauen an ihren Zigaretten, glühende Punkte in der Dunkelheit, die wir Sterne nennen. Diese himmlischen Sirenen scheinen mir Lichtsignale zu geben. Sie spornen mich zum Fliegen an. Endorphina hat gesagt, dass ich noch warten muss, dass meine Flügel noch nicht lang genug sind, dass ich ohne die Rettungsvögel einen Absturz riskiere. In der Ferne malt ein Schwarm Zugvögel den Wolken einen Dreitagebart. Ihre Freiheit hypnotisiert mich. Sie brauchen zum Fliegen keine Rettungsleinen. Die Leere zieht mich an. Die Vögel stoßen zu mir herab, sie magnetisieren mein Gefieder.

Ich springe ohne Rettungsleinen in den Himmel. Rasch verliere ich an Höhe und falle durch den Schwarm hindurch. Vogelaugen blicken mich überrascht an. Ich rase die Stockwerke des Himmels hinab, fühle mich dabei aber rundum wohl. Meine Augen zoomen zum Boden. Der Wind pfeift, ich werde immer schneller. Der Krankenhausparkplatz, der vor wenigen Sekunden noch eine unscharfe Briefmarke gewesen ist, hat jetzt schon Spielzeuggröße. Ein Schauer läuft mir über die Wirbelsäule, ein letztes Warnsignal. Ich will es nicht hören. Der Wind wechselt die Tonlage.

Eine Hand packt mich fest am Nacken und zieht mich in die Höhe. Der Parkplatz wird wieder kleiner. Dann werde ich sanft in meinem Nest abgesetzt.

»Du bist … noch nicht … so weit«, keucht Endorphina.

»Ich liebe es, wenn du mich rettest.«

»Ich auch, aber ich bin nicht unfehlbar. Bald wirst du ein

richtiger Vogel sein und mit eigenen Flügeln fliegen. Aber wenn du dich Hals über Kopf vom Dach stürzt, bevor du wirklich fliegen kannst, überleben weder der Mensch noch der Vogel in dir.«

Sie verstummt. Dann fügt sie leise hinzu:

»Am liebsten würde ich die Zeit anhalten, damit du noch eine Weile so bleibst, halb Mensch, halb Vogel. Damit du noch eine Weile bleibst ...«

Die ersten Sonnenstrahlen verunstalten die Voliere. Die Vogelfrau verschwindet in ihrem eiförmigen Häuschen. Wenig später kommt sie als Menschenfrau wieder heraus, gekleidet in ihren blauen Sack.

»Jetzt hätte ich dich nicht mehr auffangen können. Sobald es hell wird, kann ich nicht mehr fliegen. Tagsüber fahre ich selbst auf dem Fahrrad nur im ersten Gang, weil mir sonst schwindelig wird. Also halte dich von der Schwelle zum Himmel fern. Und auf keinen Fall darfst du mehr deine Infusion ausstecken. Du musst mir dabei helfen, dir zu helfen. Kannst du das?« Sie steckt sich das Haar hoch wie eine Tänzerin, küsst mich und entschwindet die Treppe hinunter in die Tagwelt.

Mein Gewissen sendet ein Notsignal. Ich würde Endorphina ja gern helfen, mir zu helfen, aber ein Teil von mir entzieht sich mehr und mehr meiner Kontrolle. Die Herrschaft der Vernunft ist endgültig vorbei, jetzt regieren meine Triebe. Ich vernehme den Gesang der himmlischen Sirenen nun auch schon am Tag und verstehe ihn mittlerweile besser als die Stimmen der Menschen. Zugvögel höre ich, bevor ich sie sehe, ich singe unwillkürlich mit ihnen mit. Sie rufen nach mir. Jede Sekunde ist ein neues Leben. Ich weiß nicht mehr, was Zeit ist und was Abwarten bedeutet. Ich schlage leicht mit den Flügeln, achte aber darauf, der Schwelle zum Himmel nicht zu nah zu kommen. Manchmal hebe ich für ein paar Augenblicke vom Boden ab. Ich versuche, an etwas anderes als ans Fliegen zu denken, aber das geht nicht. Ich fotografiere die Wolken, um mich zu beruhigen. Ein Licht blitzt auf, eine Art Leuchtturm im Nebel. Vater werden.

Die Erinnerung an den Mann, der ich einmal war, verblasst wie ein altes Foto. Ich bemühe mich, sie festzuhalten, damit ich Victor keine Angst mache. Pauline hat ihn heute Nachmittag zu mir gebracht. Er schenkt mir sein Spiderman-Kostüm, und ich ziehe es an, obwohl ich mich nackt in meinen Federn wohler fühle. Im Gegenzug schenke ich ihm mein altes Stuntman-Kostüm. Seine Augen strahlen, als er hineinschlüpft, und erleuchten meinen Tag. Pauline geht völlig in der Rolle der Pauline auf, sie plaudert mit mir über Banalitäten.

»Alle haben Frau Doktor Cuervo im Verdacht, dich entführt zu haben. Eine Hilfsschwester hat uns neulich gesehen, aber sie verrät uns nicht. Sie schämt sich, weil sie nicht gegen deinen Rauswurf protestiert hat, das hat sie mir erzählt. Alle wissen es, aber sie schweigen.« Ich glaube, Pauline muss sich an etwas Bodenständigem festhalten, die Schwelle zum Himmel macht ihr Angst.

Tage und Nächte vergehen. Die Rote Bete erinnert mich daran, dass ich immer noch ein Mensch bin, sie malträtiert mich stundenlang. Von Zeit zu Zeit rupft sie mir ein paar Federn aus. Endorphina wendet den Blick ab, wenn sie eine der Federn aufhebt. Victor tut so, als wisse er nicht, was hier gespielt wird. Jeder will den anderen schonen. Meine Vogelfrau bewältigt ihr Doppelleben und meins erstaunlich gut. Aber sie ist jetzt ständig müde, sie hat ein Kind im Bauch und ein anderes am Hals. Jeden Abend beobachte ich, wie Frau Doktor Cuervo in ihrem eiförmigen Häuschen verschwindet und als Vogelfrau wieder herauskommt, als wäre sie nur kurz duschen gewesen. Das sind die schönsten Momente des Tages. Wir lassen uns treiben, denken nicht mehr nach und schweben manchmal sogar dicht über dem Boden.

Seit einigen Tagen bin ich kleiner als das Mondkind. Bald werde ich mich in Endorphinas Bauch, diesem verheißungsvollen Nest, verkriechen können. Mir fällt es immer schwerer, Wörter zu bilden, allein die Vorstellung zu sprechen ermüdet mich.

Ich kann nicht mehr stehen und nicht mehr schreiben. Meine Finger sind keine Finger mehr. Stoff an meinem Körper zu spüren, ist mir unerträglich. Man hebt mich hoch und herzt mich wie eine Puppe, ein Teil von mir kann sich nicht daran gewöhnen. Eine Frage spukt mir durch den Kopf und macht mir solche Angst, dass ich sie immer wieder verscheuche. Wenn alles an mir schrumpft, gilt das dann auch für mein Gehirn?

Die Vogelfrau nimmt meinen winzigen Körper und drückt meinen Kopf gegen ihren runden Bauch. Ich spüre Bewegungen und höre entfernte Geräusche wie vom Meeresgrund. »Vielleicht … wird es ja … eine Sirene.« Ich bin mittlerweile nicht größer als ihr Bauch.

»Vielleicht wird es ja eine Sirene«, waren Tom Cloudmans letzte Worte. Seit er heute Morgen aufgewacht ist, zwitschert er nur noch. Sein Gesang klingt traurig. Er weiß, dass er nicht mehr sprechen kann, er hat es verlernt. Ich bin die Einzige, die ihn jetzt noch verstehen kann.

Am liebsten würde ich mir eine Dosis tödliches Gift spritzen. Die Frau in mir würde sterben und der Vogel endgültig an ihre Stelle treten. Die Metamorphose ginge ganz schnell und wäre unwiderruflich. Ich müsste nur eine Infusionspumpe aus dem Keller stehlen. Kurz vor Einbruch der Dunkelheit würde ich mir eine Nadel in den Arm schieben und mich an Toms kleinen gefiederten Körper schmiegen. Das Gift würde sein gnädiges Werk verrichten, und bei Anbruch des Tages würden wir gemeinsam über den Wolken fliegen.

Während ich mich diesem tröstlichen Gedanken hingebe, wandern meine Hände unwillkürlich zu meinem Bauch und umfangen ihn. Toms Metamorphose zieht mich in himmlische Höhen, aber mein Bauch hält mich am Boden. Ich habe schon immer auf dem schmalen Grat zwischen Tag und Nacht, Himmel und Erde balanciert. Ein ständiger Wechsel, ein Gleichgewicht, eine ewige Bewegung, die mir als

Mischwesen auferlegt ist. Gegen Ende meiner Pubertät hätte ich mein Menschenleben fast aufgegeben, so stark waren meine tierischen Instinkte. Als ich älter wurde, lernte ich sie dann besser kennen. Bis vor Kurzem lebten die Menschenfrau und das Vogelweibchen in Harmonie. Aber nach den Ereignissen der letzten Zeit ist es damit vorbei.

Ich hole Victor regelmäßig zu mir in die Voliere. Er nimmt Tom und setzt ihn sich auf die Schulter. Dann sieht er aus wie ein Piratenjunge, der seinem Papagei ein Geheimnis ins Ohr flüstert. Wenn Tom leise tschilpt, nickt Victor ernst oder lacht. Er tut so, als würde er ihn genau verstehen. Es ist ein schöner Anblick. Ein Kind, das durch eine schwere Krankheit zu früh erwachsen geworden ist, hat wieder Träume. Nichts anderes wollte Tom Cloudman erreichen.

Tom schrumpft in meinen Armen, während Tom junior in meinem Bauch heranwächst. Es ist, als würde der Vater dem Sohn Platz machen. Die beiden Metamorphosen schreiten von Nacht zu Nacht fort. Ich bin mir zunehmend selbst im Weg. Heute Abend halte ich den schlafenden Victor im Arm, und Victor den schlafenden Tom. Vorhin wollte das Mondkind ihm ein Marionetten-Kostüm anziehen, das er bei den Spielsachen im Krankenhaus gefunden hat, aber Tom geriet in Panik, schlug mit den Flügeln und piepste verzweifelt. Daraufhin ließ ihn das Mondkind ganz behutsam wie ein Modellflugzeug fliegen. Die Dunkelheit rumort wie der Magen eines Wals. Ich muss Victor zurückbringen, bevor jemand auf die Idee kommt, ich hätte auch ihn entführt. Ich nehme Tom und drücke ihn an meine Brust, er ist ganz warm. Sein

Herz schlägt so schnell, dass sein ganzer Körper vibriert. Sein Atem geht hingegen sehr langsam.

Ich setze Victor auf seinem Bett ab.
»Was wird aus ihm?«, fragt er mich leise.
»Ein Vogel.«
»Wie kann das sein?« Victor runzelt die Stirn.
»Der Mensch, der er gewesen ist, verschwindet. Irgendwann wird er nur noch ein Vogel sein.«
»Kann er dann noch denken? Wird er uns wiedererkennen?«
»So wie ein Vogel uns eben wiedererkennen kann. Aber am wichtigsten ist, dass Tom als Vogel überleben wird.«
»Und kommt er dann zu uns zurück?«
»Ja, aber nicht als der, den du kennst. Die Rote Bete, die ihn zerfrisst, wird verschwunden sein, aber eben auch der alte Tom.«
»Kann ich ihn vor dem Schlafen noch einmal halten?«
»Ja, natürlich.«
Victor nimmt Tom vorsichtig in beide Hände und setzt ihn sich auf die Knie. Er streicht ihm mit den Fingerspitzen über das Gefieder und pfeift ein paar Töne. Dann singt er ihm ein Lied vor, das einzige, das er kennt:

Spiderman, Spiderman
Does whatever a spider can:
Spins a web, any size,
Catches thieves just like flies.
Look out:
Here comes the Spider-Man.

Er klingt fröhlich, obwohl seine Stimme zittert.

In den Fluren flammen die Neonlichter auf. Es ist sechs Uhr. Meine Federn beginnen sich zurückzuziehen. Wenn ich mich hier verwandle, stehe ich nackt im Zimmer eines Patienten! Victor reicht mir den schlafenden Tom, ich presse ihn gegen meine Brust und ergreife die Flucht. Unter meinen Füßen wird das Linoleum zur Rollschuhbahn. Die Krankenschwestern der Morgenschicht treten ihren Dienst an. Noch zwanzig Meter bis zur Treppe. Renne ich schneller, falle ich womöglich hin. Renne ich nicht schneller, laufe ich womöglich jemandem in die Arme. Tom schaukelt gurrend zwischen meinen Brüsten. Noch zehn Meter. Ich spüre, wie die Federn entlang meiner Wirbelsäule erzittern und meine Knie wie jeden Morgen weich werden. Seit ich schwanger bin, stecke ich die tägliche Metamorphose nicht mehr so leicht weg.
»He! Sie da hinten! Was machen Sie da? Wer sind Sie?«, ruft mir jemand hinterher. Ich renne weiter, der Vogel in mir will fliegen, aber mein Körper ist nicht mehr dazu imstande. Ich habe Angst zu stolpern und nach vorne auf den Bauch zu fallen.
»He! Bleiben Sie stehen!«, brüllt die Stimme. Ich erreiche das Treppenhaus und renne die Stufen zum Dach hoch.

In meinem Nest dauert es eine ganze Weile, bis wir uns beruhigt haben, mein Atem und ich. Ich schließe die Falltür, die die Schwelle zum Himmel vom Krankenhaus trennt, und lausche. Meine Metamorphose ist fast abgeschlossen, ich fühle mich, als wäre ich einem Eisbad entstiegen und stünde ohne Handtuch da. Der kalte Morgenwind lässt mich erstarren. Ich befinde mich zur falschen Zeit am falschen Ort. Von unten ertönen Schritte. Wenn ich entdeckt werde, ist alles aus! Tom tippelt über die Federn am Boden, seinem winzigen Mund entschlüpft ein Gähnen. Die Schritte entfernen sich wieder. Glück gehabt.

Ich stehe nackt vor einem fast fertigen Vogel, der mich offensichtlich immer noch begehrt. Das ist ein seltsames, aber beruhigendes Gefühl. Ich ziehe meinen Arztkittel an und betrachte Tom. Sein Kopf ist gerade so groß wie ein Tischtennisball, aber seine menschlichen Züge sind noch erkennbar. Sein Körper ist allerdings der eines Vogels. Ein Roter Kardinal mit Federhaube.

Ich muss zum Dienst, aber ich habe Angst, dass er in meiner Abwesenheit davonfliegt. Ich bin versucht, ihn mir wieder zwischen die Brüste zu setzen. Wenn er in meinem Ausschnitt zu zwitschern beginnt, werde ich eben Playback pfeifen müssen. Aber was mache ich, wenn er vor versammelter Mannschaft davonfliegt und ich ihn nicht einfangen kann? Wenn er in Panik gerät und gegen eins dieser blöden Fenster flattert, die sich nicht öffnen lassen?

Ich knie mich hin, spreize die Hände und halte sie Tom Cloudman hin. Er klettert unbeholfen auf einen Finger. Sein fröhliches Zwitschern durchbricht die morgendliche Stille.

Ich antworte ihm mit einem Trällern und lasse mir nichts anmerken. Er beginnt laut zu gurren. Ich nähere mich der Schwelle zum Himmel. Bei jedem Schritt schlägt mein Herz schneller. Seins vibriert. Wir zittern beide. Stille legt sich über die Voliere, selbst der Wind verstummt. Ich singe leise und stemme die Füße in den Boden. Meine Hände öffnen sich, bis sie eine fast ebene Fläche bilden. Ich spanne die Unterarme an und konzentriere mich, um nicht allzu sehr zu zittern. Meine Daumen wandern unwillkürlich nach oben, um Tom zu streicheln. Seine Füße kitzeln mich, als er über meine Handflächen tippelt. Ich pfeife weiter. Er hüpft auf meine rechte Hand und wendet sich mir zu. Seine Augen funkeln wie zu Tom Cloudmans besten Zeiten. Plötzlich kommt mir ein Gedanke: Ich will ihn fotografieren. So kann ich ihn festhalten, ohne ihn einzusperren. Unter meinen Lidern läuft ein Erinnerungsfilm ab. Jemand hat einen Projektor in meinem Kopf eingeschaltet, vielleicht war ich es selbst. Ich sehe Tom im Indianerkostüm über das Schuldach rennen, mit ausgebreiteten Armen ins Leere springen und in einem Feigenbaum landen. Ich sehe ihn mit Rollschuhen Fußball spielen, sein Lieblingsstunt, der immer in einem Wirrwarr aus Armen und Beinen endete. Ich sehe ihn mit verbogenen, nur von Heftpflastern zusammengehaltenen Flügeln durch die Krankenhausflure geistern, und zwar ohne Tropf.
Seine Augen fixieren mich. Tom hüpft noch einmal über meine Handflächen. Dann wendet er sich dem Horizont zu. Ich gebe mir alle Mühe, tapfer weiterzupfeifen. Spüre seine samtweichen Federn an meiner Haut. Plötzlich weht ein Wind über meine Handflächen. Er ist fort.
Meine Finger krümmen sich zusammen. Er ist fort. Er fliegt

mit schnellen Flügelschlägen davon, ohne sich umzuschauen. Meine Damen und Herren, Tom Cloudman führt seinen letzten großen Stunt vor, ohne Netz und doppelten Boden. Ich bin stolz auf ihn. An diesem Gefühl will ich mich festhalten, aber es gelingt mir nicht. Tom gewinnt an Höhe und dreht Kreise über dem Krankenhaus. Seine Metamorphose ist abgeschlossen. Er braucht mich nicht mehr. Die Rote Bete kann ihm jetzt nicht mehr folgen. Niemand kann das. Zur Sicherheit pfeife ich noch eine Weile weiter.

Jahre später wird Tom Cloudman seine Leiche in eine Wolke pflanzen. Eines Winterabends wird er als Schneeflocke, die nicht schmilzt, zu uns zurückkehren. Ich werde da sein. Und ich werde die Einzige sein, die ihn erkennt.

Victor und ich haben uns Platten von Johnny Cash besorgt. Als Nächstes haben wir uns in einem Scherzartikelladen mit Ballons und Heliumflaschen eingedeckt. Die betagte Verkäuferin fragte, ob wir eine Geburtstagsparty für Sechslinge planten, und als ich ihr die Wahrheit sagte, lachte sie sich noch krummer, als sie ohnehin schon war. Die letzte Etappe unserer Einkaufstour führte uns in einen Sportladen, wo wir ein Schlauchboot der Marke »Sevylor« erstanden.

An der Schwelle zum Himmel legten wir dein Boot mit Federn aus. Immer wieder betäubte Traurigkeit unsere Vorfreude. Auf deinen Wunsch hin hatte ich eine kurze Todesanzeige in die Tageszeitung gesetzt und die Trauergäste gebeten, kostümiert zu deiner Beerdigung zu erscheinen. »Bitte kommen Sie als Vogel oder Pelztier.« Dann musste ich nur noch einen Pfarrer finden, der bereit war, menschliche Tiere in seine Kirche zu lassen. Das war kein Kinderspiel. Zum ersten Mal verzogen meine Gesprächspartner das Gesicht, wenn ich Johnny Cash erwähnte. Ich betonte das »Cash« immer besonders, weil du es mir sicher für alle Ewigkeit übel genommen hättest, wenn auf deiner Beerdigung ein anderer Johnny gespielt worden wäre.

Ich weiß, dass dir die Kirche schnuppe ist, aber wie Pauline in ihrer unvergleichlichen Art gesagt hat: »Sonst ist es nicht feierlich!« Außerdem ist die Kirche wichtig für alle, die nicht eng genug mit dir befreundet waren, um deine Entscheidung zu verstehen, dich aber gut genug kannten, um auf deiner Beerdigung um dich zu trauern. Dann haben sie etwas, woran sie sich festhalten können.
Schließlich fand ich einen alten Pfarrer mit einem eigenwilligen Sinn für Humor, der mir den Segen für unsere Tierbeerdigung gab. Er wohnt ganz allein in einer winzigen Kirche, die mit religiösem Kitsch vom Flohmarkt vollgestopft ist. Bei meinem Besuch spielte er mir *Great Balls of Fire* von Jerry Lee Lewis vor, aber in Moll, weil das besser zu einer Beerdigung passe, wie er mit halb geschlossenen Augen erklärte. Wäre er kein Priester, würde ich denken, er hätte mit mir geflirtet.

Sonnenstrahlen prallen von dem alten Wecker ab, der außen am Turm hängt und als Kirchenuhr dient. Die Glocke bimmelt müde, es klingt, als würde sie schmelzen. Ich stehe auf dem Vorplatz und verteile Tierkostüme an alle, die keine Zeit hatten, sich eins zu besorgen, weil sie die Todesanzeige erst gestern gelesen haben. Die Trauergäste ziehen mit gesenktem Blick und schlecht sitzenden Kostümen an mir vorbei.

Vielleicht wolltest du uns das triste Schwarz ersparen, weil es dich auf Beerdigungen immer deprimiert hat. Ich wüsste gern, wessen Tod du beweint hast. Du konntest mir nicht mehr viel von dir erzählen. Ich hasse die mangelnde Flexibilität der Zeit.

Victor hat sich als Mensch verkleidet. Er weigert sich, dein Stuntman-Kostüm auszuziehen. Pauline hat sich tapfer in einen Storchenanzug gezwängt. Eine schöne Idee, nur leider halten sie alle für eine Gans. Deine Hilfsschwester hat ein Tigerkostüm an, das ihr viel zu groß ist, sie sieht aus wie einer dieser überzüchteten Faltenhunde. Die beiden Riesen, die dir immer Federn geliefert haben, tragen elegant geschnittene Eisbärenkostüme. Selbst die alte Dame, der du das Schienbein zertrümmert hast, ist gekommen, den Gips kampflustig

von sich gereckt. Sie trägt ein Bienenkostüm mit Tüllflügeln. Ihr dünner Körper zittert, als bestäube sie eine unsichtbare Blume. Eine umwerfende Krankenschwester im Catwoman-Dress schiebt den Rollstuhl, ich bin ganz froh, dass du ihr nicht begegnest.
»Wenn ich dich in der Steinzeit kennengelernt hätte, hätte ich vor Begeisterung über deinen Po das Rad erfunden!« Diese Worte hast du mir nach einer langen Liebesnacht zugeflüstert. Mit meinem Ballonbauch bin ich sicherlich nicht mehr ganz so inspirierend. Ich sehe aus wie ein fetter Truthahn, vor allem im Vergleich zu den Schönheiten, von denen ich heute umgeben bin. Hier ein Mäuschen, das sich als Hase auf Stöckelschuhen verkleidet hat, dort ein als Maus kostümiertes Häschen. Aber es gibt auch Krokodilmänner, Hunde mit Schlappohren bis zum Boden und zerzauste Vögel, die in zu engen Kostümen stecken. Die ganze Arche Noah ist vertreten. Neugierige Passanten bleiben vor dem Eingang stehen und fragen mich, ob in unserem Film ein berühmter Schauspieler mitspielt. Ich verneine.

Die Zeremonie beginnt. Die Trauergäste stehen auf, und wer eine Maske trägt, nimmt sie ab. Als dein aufblasbarer Sarg hereingetragen wird, geht ein Raunen durch die Menge. Die Stille verdichtet sich, in der Kirche wird es kalt, mein Trommelfell vibriert bei jedem Schritt der Sargträger. Niemand wagt mehr zu atmen, niemand denkt noch ans Atmen.
Jetzt hat der Pfarrer seinen großen Auftritt. Das Eichhörnchenkostüm passt ihm wie angegossen. Als Erstes stimmt er *Hurt* von Johnny Cash an, und einige Frauen fallen in den Gesang ein. Er singt inbrünstig wie ein Priester aus dem Wil-

den Westen, der Pelz auf seinem Kopf wogt hin und her. Dann beginnt er mit der Predigt. Ein Hase springt auf und ruft »*Yes!*«, macht eine entschuldigende Bewegung und setzt sich wieder. Der Pfarrer erzählt von deinem letzten und besten Stunt. In meinem Kopf regnet es, obwohl am Himmel keine Wolke zu sehen ist. Ich fühle mich wie Lava auf Eis, wie eine Schneeflocke im Feuer. Ich will die Zeit zurückspulen und alles, was wir erlebt haben, noch einmal erleben, immer wieder, sooft wie es nötig ist, um dich zu retten und bei mir zu behalten. Aber die Zeremonie geht weiter, sie ist noch nicht vorbei.

Der Zoo verlässt die Kirche. Nächster Halt: die Voliere auf dem Krankenhausdach. Die Gäste strömen in Scharen herbei wie zur Party eines hohen Tiers. Alle setzen sich im Schneidersitz auf den Boden. Ich lasse mich am Vogelklavier nieder und singe *Ain't No Grave* von Johnny Cash. Das Lied stampft wie ein alter Zug. Letzter Abflug zum Himmel in fünf Minuten, ich wiederhole, in fünf Minuten.
Victor füllt dein Schlauchboot mit Büchern, Fotos von Träumen und Geistern und mit Spielzeug. Er fragt mich, ob ich glaube, dass du kommen wirst. Ich dränge die Tränen zurück.
Letzter Abflug in vier Minuten.
Du hast deine Seele in tausend Stücke gesprengt und sie auf die Heliumballons verteilt, und jetzt soll ich mich darum kümmern?
Letzter Abflug in drei Minuten.
Ich sage mir, dass ein Teil von dir weiterlebt. Einen besseren Tod kann man sich nicht wünschen.
Letzter Abflug in zwei Minuten.

Mit feierlicher Miene blase ich die Heliumballons auf. Die Tiere drängen sich aneinander.
Letzter Abflug in einer Minute.
Ich beginne zu klatschen und bitte alle Anwesenden, es mir gleichzutun, um die Rettungsvögel aufzuwecken. Applaus brandet auf, lautes Zwitschern erfüllt die Voliere, die Leinen des Schlauchbootsargs straffen sich. Der Zoo steht geschlossen auf. Pauline tritt an die Schwelle zum Himmel und legt ihre weichen Arme um mich. Die Reibung des Stoffs verursacht ein elektrisches Knistern.
Abflug.

Ich hebe das Schlauchboot leicht an, bis es sich von der Erde löst und in den Himmel steigt. Das Publikum ist mucksmäuschenstill und lässt den Wind seine Arbeit machen. Ich halte den Atem an. Ich merke kaum, wie du dich aus meinen Armen stiehlst. Und merke es doch. Ich will mich an deinen fliegenden Sarg hängen, um bei dir zu bleiben, aber es ist helllichter Tag, und ich würde einen Absturz riskieren. Victor verfolgt deinen Start durch das Kaleidoskop, das du ihm geschenkt hast.

Du fliegst für immer davon, rinnst uns durch die Finger, um dich im Himmel selbst wiederzufinden. Deine Gäste sehen blinzelnd zu, wie du aufsteigst, manche weinen, manche klatschen. Pauline schirmt die Augen mit einer Hand ab.

Jetzt schwebst du hundert Meter über dem Krankenhausdach. Das Zwitschern der Vögel ist nicht mehr zu hören und auch sonst kein Geräusch. Du bist kaum noch zu sehen. Die

Gäste verrenken sich den Hals. Der leise Wind, der dich fortträgt, streicht mir über die Haut. Dein Schatten verflüchtigt sich. Ich hätte ein größeres Schlauchboot kaufen sollen, dann wäre uns sein Schatten noch etwas länger erhalten geblieben, und ich hätte mich ein letztes Mal zu dir legen können, nur für einen kurzen Moment.

Der Himmel verschluckt dich. Du bist nur noch ein schwarzer Punkt, ich kann dich nicht mehr sehen, meine Augen laufen über. Jemand soll dich zurückholen! Etwas von dir muss bleiben!
Der Wind ist magnetisch, und obwohl es mitten am Tag ist, regt sich mein Vogelinstinkt. Er ergreift von mir Besitz wie während der Metamorphose. Dir folgen.

Du bist nur noch ein winziger Fleck in der Ferne. Ich trete einen Schritt vor, zum Himmel hin, zu dir. In mir tobt ein Sturm. Ich kralle meine Fingernägel in den Himmel, der Fußball in meinem Bauch zieht mich nach vorn. Mein linker Fuß rutscht ab, das Nichts zieht mich an. Ich schließe die Augen, um dich besser zu sehen.

Eine weiß behandschuhte Hand packt meinen linken Arm. Pauline zieht mich zurück ins Leben.

Epilog

Ein Jahr später.

Ich bin die glücklichste Mutter und traurigste Witwe aller Zeiten. Der Fußball wurde erst zum Basketball und dann zum Säugling. Du müsstest sehen, wie seine großen Augen leuchten wie zwei unergründliche Planeten. Er hat noch keine Augenbrauen, aber er runzelt sie schon wie du! Ich liebe dieses kleine Lebewesen für alles, was es ist, und für alles, was es sein wird. Er ist mehr als nur die Erinnerung an dich. Mein Glück und meine Trauer verursachen immer wieder einen Kurzschluss, sodass ich auf Abstand zu dir gehen muss. Allmählich lerne ich, welches die richtige Entfernung ist, um mich an dir zu wärmen, ohne mich zu verbrennen.

Heute vor einem Jahr bist du davongeflogen. Zur Feier des Tages habe ich mir eine Flasche »Tom Cloudman« gegönnt. Vielleicht können wir in neun Monaten wieder Geburtstag feiern.

Victor spielt großer Bruder. Ich glaube, er erzählt unserem Kleinen Spiderman-Geschichten. Ab und zu streut er Körner für dich auf sein Fensterbrett. Wenn er schläft, sammle ich sie ein, damit er glaubt, du hättest sie aufgepickt.

Dank

Zwei Olivias – de Dieuleveult und Ruiz – haben mir bei dieser Suche nach der verlorenen Zeit geholfen. Ohne die beiden verrückten Hebammen hätte ich das Buch nicht ausbrüten können.

Lesen Sie auch:

Mathias Malzieu

Die Mechanik des Herzens

Roman

Aus dem Französischen
von Sonja Finck

LESEPROBE

btb

I

Am 16. April 1874 schneit es auf Edinburgh. Eine unnatürliche Kälte legt die Stadt lahm, und die Alten spekulieren, es könnte der kälteste Tag aller Zeiten sein. Es ist, als hätte sich die Sonne für immer verabschiedet.

Edinburgh und seine steilen Straßen machen eine Metamorphose durch. Die Springbrunnen gefrieren zu Blumensträußen aus Eis. Der Raureif zaubert glitzernde Pailletten auf das Fell der Katzen, und die Bäume erinnern an dickleibige Feen in weißen Nachthemden, die ihre Äste recken und strecken, den Mond angähnen und seelenruhig zusehen, wie die Kutschen über das vereiste Straßenpflaster schlittern. Es ist so bitterkalt, dass Vögel im Flug erfrieren und tot vom Himmel fallen. Ihr Aufprall ist unheimlich sanft für ein Geräusch des Todes.

Es ist der kälteste Tag aller Zeiten. Heute ist der Tag, an dem ich geboren werde.

Schauplatz ist ein altes Haus, das auf dem höchsten Hügel von Edinburgh balanciert. Hier lebt die wunderliche Doktor Madeleine, eine Hebamme, die bei den Einwohnern der Stadt als verrückt gilt. Für eine Dame ihres Alters ist sie erstaunlich hübsch. In ihren Augen glimmt noch immer ein Funke, nur ihr Lächeln zuckt, als hätte es einen Wackelkontakt.

Doktor Madeleine bringt die Kinder von Huren und verlassenen Frauen zur Welt – und von Frauen, die zu jung oder zu untreu sind, um unter besseren Umständen zu gebären.

Neben den Geburten hat Doktor Madeleine noch ein weiteres Steckenpferd: Sie repariert mit Hingabe Menschen. Sie ist Expertin für mechanische Prothesen, Glasaugen und Holzbeine. In ihrer Werkstatt gibt es alles, was das Bastlerherz begehrt.

Während meine blutjunge Mutter in den Wehen liegt, sieht sie aus dem Fenster und beobachtet geistesabwesend, wie draußen Flocken und Vögel lautlos zu Boden fallen. Sie wirkt wie ein kleines Mädchen, das bloß so tut, als sei es schwanger. Aber sie ist melancholisch, denn sie weiß, dass sie mich nicht behalten wird, und sie wagt es kaum, auf ihren prallen Bauch hinabzusehen. Als ich immer eiliger hinausdränge, schließt sie langsam die Augen, und ihre Haut verschmilzt mit dem Laken, als sauge das Bett sie auf.

Doktor Madeleine ist das Erste, was ich von der Welt sehe. Ihre Finger packen meinen kleinen Schädel, der die Form einer Olive hat, ein Rugbyball im Miniaturformat. Dann schmiegen wir uns gemütlich aneinander.

Plötzlich wirkt die Hebamme beunruhigt. Sie tastet meinen zarten Oberkörper ab. Ihr Lächeln erlischt.

»Sein Herz ist hart. Ich fürchte, es ist gefroren.«

Doktor Madeleine schüttelt mich kräftig, was sich anhört, als wühle jemand in einer Werkzeugkiste.

Sie kramt auf ihrer Werkbank herum. Meine Mutter sitzt auf dem Bett und wartet. Sie zittert, aber es liegt nicht an der Kälte. Sie sieht aus wie eine Porzellanpuppe, die einem Spielzeugladen entflohen ist.

Draußen schneit es immer stärker. Silberner Efeu rankt bis unter die Dächer, und vor den Fenstern blühen Eisrosen. Katzen frieren mit den Pfoten an Regenrinnen fest und werden zu Wasserspeiern. Im Fluss ziehen gefrorene Fische Fratzen. Die ganze Stadt ist fest in der Hand eines Glasbläsers, der klirrende Kälte aushaucht.

Binnen Sekunden sind die wenigen Passanten, die sich todesmutig vor die Tür gewagt haben, zu Eissäulen erstarrt, als hätte ein Gott ein Foto von ihnen gemacht. Manche, die beim Gehen zu viel Schwung hatten, gleiten noch ein Stück weiter – wie Balletttänzer bei ihrem letzten Auftritt. Sie sind beinahe schön: Engel aus Eis, deren Schals in den Himmel ragen, steife Tänzerinnen einer Spieluhr, die sich immer langsamer dreht. Überall in der Stadt spießen sich Passanten – manche erfroren, manche kurz davor – an den Eisdornen der Springbrunnen auf.

Allein die Turmuhren lassen das Herz der Stadt weiterschlagen, als wäre nichts geschehen.

›Dabei haben mich alle davor gewarnt, hierherzukommen. Sie haben mir gesagt, dass die Alte verrückt ist‹, denkt meine Mutter.

Die Arme sieht aus, als würde die Kälte sie jeden Moment umbringen. Selbst wenn es Doktor Madeleine gelingt, mein gefrorenes Herz zu reparieren – das meiner Mutter ist ein hoffnungsloser Fall. Ich liege nackt auf der Werkbank, den Oberkörper in einen Schraubstock eingespannt, und warte. Mir ist bitterkalt.

Eine alte schwarze Katze sitzt nebenan auf dem Küchentisch. Doktor Madeleine hat ihr eine Brille gebastelt: sehr elegant, mit grünem Gestell, passend zur Augenfarbe. Die Katze beobachtet uns mit blasierter Miene – fehlen nur noch Zigarre und Zeitung.

Doktor Madeleine durchstöbert ein Regal mit mechanischen Uhren. Sie nimmt verschiedene Modelle zur Hand:

eckige mit harten Konturen, rundliche mit Holzgehäuse und protzige aus glänzendem Metall. Mit einem Ohr lauscht sie dem schwachen Schlag meines defekten Herzens, mit dem anderen dem Ticken der Uhren. Immer wieder runzelt sie die Stirn. Sie benimmt sich wie ein altes Mütterchen, das eine halbe Ewigkeit braucht, um auf dem Markt eine Tomate auszusuchen. Plötzlich hellt sich ihre Miene auf.

»Natürlich! Diese hier!«, ruft sie und streicht zärtlich über eine alte Kuckucksuhr.

Die Uhr misst etwa vier mal acht Zentimeter, und bis auf Zahnräder, Zeiger und Zifferblatt ist sie ganz aus Holz.

»Etwas Solides«, denkt Doktor Madeleine laut.

Der winzige Kuckuck ist nicht größer als die Kuppe meines kleinen Fingers. Er hat ein feuerrotes Federkleid und tiefschwarze Augen. Mit seinem ewig aufgesperrten Schnabel wirkt er wie tot.

»Diese Uhr wird ein gutes Herz abgeben! Außerdem passt sie zu deinem Vogelköpfchen«, sagt Madeleine zu mir. Die Sache mit dem Vogel schmeckt mir nicht. Aber da Madeleine versucht, mir das Leben zu retten, will ich mal nicht so sein.

Sie streift eine weiße Schürze über: Jetzt geht's ans Tranchieren. Ich fühle mich wie ein Brathähnchen, das man vergessen hat zu töten. Madeleine kramt in einer Salatschüssel, setzt eine Schweißerbrille auf und bindet sich ein Taschentuch vor Mund und Nase, das ihr Lächeln verbirgt. Sie beugt sich über mich und lässt mich Äther einatmen. Meine Lider senken sich langsam, wie Rollos an einem lauen Sommerabend in einem fernen Land.

Doktor Madeleine schneidet mir mit einer großen Zackenschere den Oberkörper auf. Die winzigen Zähne kitzeln ein wenig. Sie schiebt mir vorsichtig die Kuckucksuhr in den Brustkasten und beginnt damit, meine Schlagadern an das stillstehende Uhrwerk anzuschließen. Es ist eine heikle Arbeit, und Madeleine muss aufpassen, dass sie nichts beschädigt. Sie näht Uhr und Herz mit hauchdünnen Stahlfäden zusammen und zurrt alles mit mehreren klitzekleinen Knoten fest. Ab und zu krampft sich mein schwaches Herz leicht zusammen, aber es pumpt nicht genug Blut durch meine Adern.

»Er ist furchtbar blass!«, murmelt Doktor Madeleine.

Dann schlägt die Stunde der Wahrheit. Madeleine zieht die Kuckucksuhr in meiner Brust mit einem kleinen Schlüssel auf und stellt die Zeiger auf Mitternacht. Sie wartet. Nichts geschieht. Das Uhrwerk ist nicht stark genug, um den Herzschlag auszulösen. Mein Herz steht schon gefährlich lange still. Ich bin in einem dunklen Traum gefangen, der mit jeder Sekunde dunkler wird. Doktor Madeleine spannt die Feder ein zweites Mal, um mein mechanisches Herz in Gang zu setzen.

»Ticktack«, macht die Uhr.

»Bubumm«, antwortet endlich das Herz, und die Arterien färben sich rot.

Langsam beschleunigt sich das Wechselspiel von Ticktack und Bubumm. Ticktack. Bubumm. Ticktack. Bubumm. Mein Herz schlägt jetzt fast so schnell, wie es soll.

Vorsichtig zieht Doktor Madeleine ihre Finger zurück. Das Ticken verlangsamt sich wieder. Sie dreht behutsam an den Zahnrädern, um dem Uhrwerk auf die Sprünge zu helfen, aber sobald sie loslässt, wird der Herzschlag schwächer. Es ist, als entschärfe sie eine Bombe, die jeden Moment zu explodieren droht.

Ticktack. Bubumm. Ticktack. Bubumm.

Draußen fallen die ersten Sonnenstrahlen auf den Schnee und stehlen sich durch die Fensterläden herein. Doktor Madeleine ist am Ende ihrer Kräfte. Ich bin eingeschlafen. Vielleicht stand mein Herz auch einfach zu lange still, und ich bin tot.

Plötzlich erschallt ein »Kuckuck« aus meiner Brust. So laut, dass ich vor Schreck husten muss. Ich reiße die Augen weit auf und sehe Doktor Madeleine: Sie hat die Arme hochgeworfen, als hätte sie im Endspiel der Weltmeisterschaft einen Elfmeter verwandelt.

Dann näht sie meinen immer noch offenen Brustkorb mit dem Geschick einer Schneidermeisterin wieder zusammen. Man sieht die Nähte kaum. Über das Zifferblatt und die perfekt eingepasste Holzfront klebt sie ein großes Pflaster. Von nun an muss meine kleine Uhr jeden Morgen mithilfe eines Schlüssels aufgezogen werden, sonst hat mein letztes Stündlein geschlagen.

Meine Mutter sitzt immer noch reglos auf dem Bett. Sie meint, ich sähe aus wie eine große Schneeflocke mit Zeigern. Madeleine antwortet nur, so könne man mich im Schneegestöber wenigstens nicht aus den Augen verlieren.

Es ist Mittag, als Doktor Madeleine meine Mutter verabschiedet, und wie immer lächelt sie im Angesicht der Katastrophe. Meine Mutter setzt vorsichtig einen Fuß vor den anderen. Ihre Mundwinkel zittern. Sie bewegt sich wie eine alte Frau im Körper eines jungen Mädchens. Als meine Mutter kurz darauf mit dem Nebel verschmilzt, verwandelt sie sich in ein Porzellangespenst. Seit jenem bizarren, wunderbaren Tag habe ich sie nicht mehr wiedergesehen, und ich lebe seitdem bei Doktor Madeleine.

2

Als ich älter werde, stelle ich immer mehr Fragen. Mein Wunsch, die Stadt am Fuß des Bergs zu erkunden, wird zur Obsession. Nachts klettere ich oft auf das Dach unseres Hauses, sitze reglos da und lausche dem fernen Rauschen. Mondlicht fällt auf die verwinkelten Gassen unter mir und umgibt sie mit einem zuckrigen Heiligenschein, in den ich am liebsten hineinbeißen würde.

Madeleine sagt aber immer nur, ich würde die harte Wirklichkeit der Stadt schon früh genug kennenlernen.

»Hab etwas Geduld! Jeder deiner Herzschläge ist ein kleines Wunder. Du weißt, meine Konstruktion ist nicht die stabilste. Aber je älter du wirst, desto weniger wirst du sie brauchen.«

»Wie oft muss sich mein Stundenzeiger bis dahin noch drehen?«

»Ziemlich oft. Bevor ich dich in die Welt entlasse, muss dein Herz noch viel stärker werden.«

Zugegebenermaßen macht mir meine Uhr oft Ärger. Sie ist mein empfindlichster Körperteil, und niemand außer Madeleine darf sie anfassen. Doktor Madeleine zieht die Uhr jeden Morgen mit einem winzigen Schlüssel auf. Wenn ich mich erkälte, tun mir beim Husten die Zahnräder weh, es fühlt sich an, als würden sie meine Haut von innen durchbohren. Ich hasse das Geräusch von zerspringendem Geschirr in meiner Brust.

Am meisten ärgert mich aber meine ganz persönliche

Zeitverschiebung. Abends im Bett hält mich das Ticken, das durch meinen Körper hallt, vom Schlafen ab. Deshalb nicke ich nachmittags oft im Stehen ein und bin dann mitten in der Nacht hellwach. Aber ich bin weder ein Hamster noch ein Vampir, ich bin einfach nur ein nachtaktiver Junge.

Gut, es hat auch seine Vorteile, unter einer schweren Krankheit zu leiden. Ich liebe es beispielsweise, wenn Madeleine sich im Nachthemd wie ein Gespenst mit einer Tasse heißem Kakao in der Hand in mein Zimmer stiehlt und mir ein gruseliges Schlaflied singt. Manchmal summt sie mir bis zum Morgengrauen etwas vor und streicht mir dabei sanft über das Uhrengehäuse. In diesen süßen Augenblicken fühle ich mich ganz und gar geborgen.

»Love is dangerous for your tiny heart«, flüstert sie dann immer wieder, als wäre das ein uralter Zauberspruch, der den Schlaf herbeilocken soll.

Ich liebe es, ihr zuzuhören und dabei in den sternhagelvollen Himmel zu sehen, auch wenn ich es etwas merkwürdig finde, wie sie immer wieder »love is dangerous for your tiny heart« flüstert.

An meinem zehnten Geburtstag erklärt sich Doktor Madeleine endlich dazu bereit, mich mit in die Stadt zu nehmen. Ich habe so lange darum gebettelt … Trotzdem kann sie es sich nicht verkneifen, den Aufbruch bis zuletzt hinauszuzögern: Sie läuft von einem Zimmer ins nächste und räumt wahllos Dinge hin und her. Bis sie sagt: »Und jetzt ab in die Stadt, wir haben einen Geburtstag zu feiern!«

Ich fühle mich wie Christoph Kolumbus bei der Entdeckung Amerikas. Das Gassengewirr vor mir zieht mich an wie ein Magnet. Ich beginne zu rennen! Die vorbeisausenden

Häuserfronten neigen sich einander zu, der Ausschnitt des Himmels über mir wird immer schmaler. Es kommt mir vor, als müsste man nur einmal kräftig pusten, und die aneinandergereihten Häuser würden umstürzen wie Dominosteine. Die Bäume und Büsche haben wir auf dem Berg zurückgelassen, hier schießen dafür überall Menschen aus dem Boden. Frauen platzen auf wie Knospen, Klatschmohnhüte, Klatschmohnkleider! Manche wachsen aus den Fenstern und beugen sich über die Geländer der Balkone. Eine bunte Menschenflut drängt zum Markt und ergießt sich farbenfroh auf den Salisbury Place.

Ich stürze mich ins Getümmel. Hufe klappern über Pflastersteine, Stimmengewirr wühlt mich auf. Das und der Glockenturm, der mich mit einem gewaltigen Schlag seines Herzens begrüßt, das zehnmal größer ist als meins. Ich schaue zu ihm auf und wende mich dann zu Madeleine um, die ganz aus der Puste ist.

»Ist das mein Vater?«

»Nein, mein Junge. Die Turmuhr schlägt jeden Tag um ein Uhr nachmittags ein einziges Mal.«

Wir überqueren den Platz. Als wir in eine Gasse einbiegen, dringt eine fröhlich-melancholische Melodie an mein Ohr, eine Musik wie ein goldener Funkenregen. Die Musik trifft mich mitten ins Herz. In mir herrschen auf einen Schlag zugleich Regen und Sonnenschein.

»Das ist eine Drehorgel. Hübsch, nicht?«, sagt Madeleine. »Sie funktioniert so ähnlich wie dein Herz, wahrscheinlich gefällt dir ihr Klang deshalb so gut. Im Innern des Instruments befindet sich ein Mechanismus, der von Gefühlen angetrieben wird.«

Noch nie in meinem Leben habe ich eine so schöne Melodie gehört, aber das ist nicht die einzige Überraschung, die mich erwartet: Ein kleines Mädchen, das mich an ein blühendes Bäumchen erinnert, stellt sich vor die Drehorgel und beginnt zu singen. Ihre Stimme klingt wie das Trällern einer Nachtigall, nur mit Worten.

Ihre schlanken Arme sind feine Äste, und ihre schwarzen Locken umtanzen ihr Gesicht wie feurig lodernde Schatten. Ihre perfekte Nase ist so klein, dass ich mich frage, wie sie damit atmen kann – vielleicht ist sie nur Dekoration. Jetzt beginnt sie sich auf ihren Stöckelschuhen zu drehen, und ihr Tanz erinnert mich an einen leicht im Wind schwankenden Vogel. Ihre Augen sind so groß, dass man wohl alle Zeit der Welt bräuchte, um auf ihren tiefschwarzen Grund zu gelangen. Da flammt in ihnen plötzlich wilde Entschlossenheit auf, sie reißt den Kopf hoch wie die Miniaturausgabe einer Flamencotänzerin. Ihre Brüste sind zwei kleine Baisers, so wohlgeformt, dass es unhöflich wäre, sie nicht auf der Stelle zu vernaschen. Hitze durchströmt meinen Körper. Die kleine Sängerin schüchtert mich ein, aber ich brenne darauf, zu ihr zu rennen. Der Geruch nach Zuckerwatte und Staub trocknet mir die Kehle aus. Ich weiß nicht, was dieses rosarote Karussell zum Rotieren bringt, aber ich muss mitfahren. Ich muss zu ihr.

Plötzlich beginne auch ich zu singen, wie in einem Musical. Doktor Madeleine wirft mir einen Finger-weg-vom-Herd-Blick zu.

In dem Moment, als unsere Stimmen miteinander verschmelzen, bleibt der Absatz ihres linken Stöckelschuhs im Kopfsteinpflaster stecken. Sie taumelt wie ein auslaufender

Kreisel und fällt dann bäuchlings auf das vereiste Pflaster. Ihr Sturz hat etwas Slapstickhaftes. Doch selbst am Boden liegend und mit verrenkten Gliedern ist sie entzückend. Sie sieht aus wie ein abgestürztes Vögelchen, dem Blut über das Federkleid rinnt. Ihre Mutter nimmt sie bei der Hand, fester, als Eltern es für gewöhnlich tun. Man könnte meinen, sie fange die kleine Sängerin wieder ein.

Ich versuche etwas zu sagen, aber die Worte bleiben mir im Hals stecken. Doktor Madeleine und die Mutter wechseln ein paar Worte, wie Hundebesitzer, denen es mit knapper Not gelungen ist, ihre ineinander verbissenen Lieblinge zu trennen.

Mein Herz schlägt jetzt immer schneller, ich bekomme kaum noch Luft. Mir ist, als schwelle meine Uhr an und wandere hoch in den Hals. Ist die kleine Sängerin eben erst geschlüpft? Ist sie aus Zucker? Kann man sie essen? Was ist hier eigentlich los?

Ich versuche ihr in die Augen zu sehen, aber ihr sinnlicher Mund hat meinen Blick gekidnappt. Mir war bisher nicht klar, wie viel Zeit man darauf verwenden kann, einen Mund anzustarren.

Plötzlich beginnt meine Uhr laut zu schlagen und mein Kuckuck wie wild zu rufen, schlimmer als bei meinen stärksten Hustenanfällen. Meine Zahnräder drehen sich immer schneller, so als hätte ich einen Hubschrauber verschluckt. Der Lärm zerreißt mir fast das Trommelfell, und ich halte mir die Ohren zu, was alles nur noch schlimmer macht. Meine Zeiger drohen mir den Hals aufzuschlitzen. Doktor Madeleine dreht sich erschrocken zu mir um und macht beschwichtigende Gesten, wie eine Vogelhändlerin, die einen panisch im Käfig umherflatternden Kanarienvogel packen will. Ich verglühe und schließe die Augen.

Ich möchte ein majestätischer Adler sein oder eine coole Silbermöwe, kein gestresster Kanarienvogel mit nervösen Zuckungen. Ich hoffe, dass die kleine Sängerin mich nicht sieht. Das Ticken hallt in meinen Knochen wider, ich reiße die Augen auf und sehe in den strahlend blauen Himmel. Madeleine packt mich mit eisernem Griff am Kragen und stellt mich wieder auf meine zittrigen Kanarienvogelbeinchen. Dann zieht sie mich fort.

»Wir gehen nach Hause, und zwar sofort! Du hast allen einen Riesenschreck eingejagt! Einen Riesenschreck!«

Sie klingt zugleich wütend und besorgt. Ich schäme mich in Grund und Boden. Vor mir sehe ich immer noch dieses Bäumchen von einem Mädchen, dieses Feuervögelchen. Unabsichtlich habe ich mein Herz an sie verloren. Unabsichtlich absichtlich. In meiner Uhr ist der heißeste Tag aller Zeiten.

Nachdem sie eine Viertelstunde an mir herumgeschraubt und mir eine kräftige Hühnerbrühe eingeflößt hat, gelingt es Madeleine, mich in meinen normalen Ausnahmezustand zurückzuversetzen.

Sie sieht müde aus, wie in den Nächten, in denen sie zu lange aufbleibt, um mich in den Schlaf zu singen – doch jetzt zerfurchen Sorgenfalten ihr Gesicht.

»Deine Uhr ist eine Prothese, aber sie ist genauso empfindlich wie jedes andere Herz. Das wird sich nie ändern. Zahnräder filtern Gefühle nicht so gut wie menschliches Gewebe, darum musst du vorsichtig sein. Was da vorhin in der Stadt passiert ist, als du die kleine Sängerin gesehen hast, bestätigt meine schlimmsten Befürchtungen: Wenn du dich verliebst, setzt du dein Leben aufs Spiel.«

»Ihr Mund ist wunderschön, ich konnte gar nicht mehr wegsehen.«

»Sag so was nicht!«

»Das Spiel ihrer Grübchen ist unendlich schön, und ihr Lächeln vervielfältigt die Variationsmöglichkeiten. Am liebsten würde ich sie mein Leben lang ansehen.«

»Du weißt nicht, auf was du dich da einlässt! Für dich ist das alles nur ein Spiel, aber es ist gefährlich, ein Spiel mit dem Feuer, vor allem für jemanden mit einem Herzen aus Holz. Erinnerst du dich daran, wie sehr dir beim Husten immer die Zahnräder wehtun?«

»Ja.«

»Nun, dieser Schmerz ist nichts im Vergleich zu dem, den die Liebe verursacht. Jeden Augenblick der Freude und des Glücks bezahlst du früher oder später mit Schmerz, und je stärker man liebt, desto größer ist der Schmerz. Du wirst vor Sehnsucht vergehen und vor Eifersucht verrückt werden, du wirst dich unverstanden, abgewiesen und ungerecht behandelt fühlen. Dir wird kalt bis in die Knochen sein, und dein Blut wird zu Eiswürfeln gefrieren, die dir die Adern von innen aufschlitzen. Und dann wird die Mechanik deines Herzens explodieren. Ich habe dir die Kuckucksuhr eigenhändig eingesetzt, ich weiß genau, was sie aushalten kann und was nicht. Sie mag stark genug sein für die Freuden der Liebe, schon möglich. Aber auf keinen Fall verkraftet sie die Qualen.«

Madeleine lächelt wehmütig – wie immer lässt der eigentümliche Wackelkontakt ihre Mundwinkel zucken. Ihre Wut ist verflogen.